君偉上小學5

年級意見多

文 王淑芬
圖 賴 馬

開場

各位大、小朋友，

不管你現在幾歲，你一定曾經、或目前正是、或將要讀國民小學。

這一套【君偉上小學】，就是以國民小學為背景的校園生活故事。

本系列一共有六本，分別是：

《一年級鮮事多》、《二年級問題多》、
《三年級花樣多》、《四年級煩惱多》、
《五年級意見多》與《六年級怪事多》。
你正在讀幾年級？最懷念哪一年級？
歡迎認識張君偉與他的同班
同學們，請大家陪他們一起
歡笑、一起成長。

目次

人物介紹

張君偉

我是具有藝術天分的金牛座，我的藝術天賦主要表現在恐龍與昆蟲上。

張志明

我是具有領導才華的獅子座，我最擅長領導掃廁所組的同學玩創意沖水遊戲。

陳玟

我是樂觀正直的射手座，我唯一悲觀的是本班黑板太小，影響我記名字的雄心大志。

楊大宏

我是擁有理性智慧的水瓶座，我認為世界上最有智慧的是百科全書與本班某位女生。

范彬

我是浪漫的雙魚座，我的浪漫對象是陳皮梅、肉包與本班某位女生。

暴龍老師

我是愛校愛國的巨蟹座，也是愛家愛班的好男人；我的字典裡沒有「亞軍」這個詞。

1 遇見暴龍老師

我理想中的挑選老師方式，是在開學日那天，每班教室外貼著這一班導師的特點，然後由學生去挑選適合自己的老師。我想，我會挑一個這樣的老師：有點近視，看不大清楚；吃素，不殺生。

八月三十日，開學。

終於開學了，終於，我可以向暑期游泳班、電腦班、禪修班和美語班說「再見」了。

我理想中的暑假生活是：每天「覺」睡到頭昏，電動打到手軟，漫畫看到眼花。

媽媽卻有不同看法，她說：「覺，我替你睡就好；其次，所有社會的菁英都不是打電動和看漫畫長大的。」

「那他們是怎麼長大的？」

「還問！虧你讀了四年書。他們是看魚兒逆游向上和砍倒櫻桃樹長大的。不過，那也落伍了。」

於是，在媽媽的規劃下，我參加了幾項暑期才藝班，認識不少未來的菁英朋友。雖然禪修班的素食挺好吃，電腦班的冷氣也不錯。但是，你嘗過每天在豔陽下走來走去的滋味嗎？

美語班的李家華說得好：「暑假只有老師真的有休息。還是早點開學好了，學校有操場可以打球。」

總之，這個暑假和從前所有的暑假都一樣，甚至比去年還無聊，去年暑假還有一次地震呢！

我已經五年級了。

別問我升上五年級有什麼感想。這年頭，小孩子只要一有感想，大人就緊張；而且他們還要裝出不緊張的樣子頻頻問：

「你覺得怎麼樣？你有什麼想法？」

就在今天，我一早醒來，媽媽就說：「恭喜你，已經十一歲，是準少年了。今後，什麼事都要自己負責，媽媽可以喘口氣啦。」

然後，她就跟著我走到浴室，提醒我：「刷牙不要太用力，但是也不能太輕。」、「洗臉時要記得耳背和脖子一起抹乾淨。」

「我十一歲了，不是一歲。」

我忍不住抗議。

媽媽以非常沉重的表情嘆口氣：「我就知道，孩子長大就嫌老媽囉唆，翅膀硬了就想飛。」

我的確想飛，因為上學快要遲到

了。開學日能遲到嗎？何況今天就能知道被編到哪一班，新的導師是誰，還會跟哪些老朋友同班。

我的運氣好極了，在鐘響前一秒鐘踏入教室。我的死黨張志明一本正經的遞給我一張暴龍貼紙，說：「兄弟，等一下重新編班，如果我們被拆散了，也不必難過。看到這張貼紙就好像看到我一樣，送給你做紀念。」

那隻暴龍真的很像他，尤其是那一口暴牙。

「快點開始編班吧，早死早投胎。」張志明一臉的不在乎。

我們真的是第一個「投胎」的。因為我和他都編在五年一班，級任老師是全校知名的暴龍老師。和我們一樣命運悲慘的還有從前同班的班長陳玟，以及副班長楊大宏。

我把貼紙還給張志明，他搖搖頭：「留著吧，我不知道能不能平安的升上六年級呢？」

這句話有些嚇人，但並非空穴來風。關於暴龍老師的事蹟，校園早有傳聞，其中最淒厲的傳說是：「他出的回家功課，會讓人寫到手指骨折。」

這種誇張的說法，一聽就知道是騙小孩的。現在有兒童福利法、有受虐兒專線電話，如果暴龍老師敢用殘暴的手段教育我們，爸爸媽媽會袖手旁觀嗎？

「當然不會。」楊大宏推了推五百度的近視眼鏡，「他們只會雪上加霜。」

張志明以懷疑的

眼神盯著我：「張君偉，你確定已經年滿十一歲了嗎？怎麼還像嬰兒一樣天真無邪？大部分的父母和老師都是同一國的。」

於是，我們三個人交換一下憂傷的眼神，默默的走到操場。楊大宏還報告他今天早上的不幸遭遇：「我爸爸說：五年級的功課很難，大概需要補習。」

張志明比較樂觀，他摸了摸籃球架，說：「五年級可以上籃球課耶。」

上課鐘響，我們回到教室，暴龍老師已經在黑板上寫下他的名字，準備自我介紹了。原來他姓包，還有個斯斯文文的名字——啟倫。當然，還是叫「暴龍老

師」比較適合他。因為他開口說的第一句話就是：「你們這些小鬼，統統給我坐好。」

本來動個不停的，立刻安靜下來；原來坐得很好的，馬上坐得更直。連張志明都把雙手放膝蓋上，像尊菩薩似的挺著。

「五年級，要更有責任心、榮譽感，做學弟妹的榜樣。不要以為我很凶，錯了！我不凶，只是愛之深，責之切。我對大家越嚴格，就表示我越愛你們。」

暴龍老師的這份愛，顯然有人受不了。我聽到幾句輕微的咳嗽聲，張志明甚至忽然打了個大噴嚏。

「以後，你們會明白我的苦心的。」老師繼續面無表情的說著。

這一天的家庭聯絡簿，足足抄了十二大點。包含「交一百元班費，影印複習卷用」、「調查是否參加課後輔導」、「預習

第一課生字」、「擬定讀書計畫」等。

媽媽知道我被編到五年一班，而且又跟楊大宏同班，很高興的說：「真是謝天謝地，以後要多跟模範生學習。」

第二天，楊大宏告訴我，他的媽媽早已打聽清楚，暴龍老師是本校「歷代名師」，為了保佑他能順利進入暴龍老師的班級，昨天，她還放了一個吉祥物在楊大宏書包裡。

我保證，你一定不會相信楊媽媽放了什麼寶貝在他書包裡的！你猜猜吧。

楊大宏媽媽的意見：

包老師是明星老師，他教的班級，什麼比賽都是第一名。楊大宏是祖上有德，也可能是我參加慈愛功德會的關係，大宏才被編到這個明星老師的明星班。

2 馬路戰警

如果擔任學校的交通隊、糾察隊，也有薪水可以領的話，一定有許多同學搶破頭，不會像現在這樣乏人問津。像交通警察，他們也是有領薪水呀。

暴龍老師站在講臺，伸出他的「暴爪」，指著張志明、楊大宏和我，神情嚴肅的說：「你、你、你，擔任學校的交通服務隊員（注），現在到學務處接受訓練。」

我們三個人，也神情嚴肅的站起身，拉開椅子，腳步迅速的往目標地移動。我們眼觀四面、耳聽八方、走路有風；如果現在要加上背景音樂，應該是《不可能的任務》或是《星際大戰》這類電影雄壯威武的主題曲。可惜我們不是電影裡的主角，只是被老師指定「去馬路上罰站」。

當然，這是那些沒有被選上、不足以擔當這項重責大任的人，酸溜溜的說法。堂堂交通隊員，怎會是在馬路罰站？我們將穿著英勇的制服，手持「權棒」，在十字路口協助導護老師指揮交通，保護「弱小」同學平安過馬路。我們將消滅敵人、維護社會的正義和平。

不過，學務處的丁主任卻告誡我們：「擔任學校的交通隊員，最重要的事，是注意自己的安全。萬一有不守規矩的駕駛人亂闖……」

張志明立刻豪氣萬丈的舉手說：「要馬上把他擋住，給他警告。」

丁主任用一種奇怪的眼光看著他：「你是哪一班的？主任在說話，安靜聽別搶話。」然後繼續訓示：「遇到違規的人，先讓他過，再記住車號，事後告發。不要去擋他的車子，要是被撞到就慘啦。」

原來，這項任務還可能會有生命危險。我們不禁面對面，露出更嚴肅的表情。張志明低聲說：「好刺激！」楊大宏則提出疑問：「不知道學校有沒有替我們辦保險，保費高不高？」

最後，丁主任又勉勵大家：「身為交通隊員，是一項榮譽，要效法三軍將士的勇氣，報答學校師長的教誨。」

於是，我們三個將士，帶著主任授予的艱鉅任務，步步生風的走回教室。張志明還用英雄般的口氣對班長陳玫說：「以後過馬路，我會保護你，你就不會被車撞到。」

陳玫送他一個大白眼：「烏鴉嘴。」

我們約定好，輪到我們工作那一天，還要去麥當勞吃一支冰淇淋，以慶祝正式就職。

暴龍老師真是太有眼光，一眼就選中我們三人去為民除害。張志明眉開眼笑的說：「我覺得包老師沒有想像中那麼可怕嘛，居然會讓我當交通隊員。」

楊大宏也說：「雖然我長得比較瘦小，老師卻能慧眼識英雄，選中我，可見他面惡心善。」

我本來想提醒這兩位勇士，剛才老師問誰自願當交通隊員時，其實全班只有我們三個舉手。但是，看他們那副神采奕奕的模樣，想想還是別拆穿比較好。

至於我為什麼舉手，那是媽媽的指示。從一年級起，她就叮嚀我：「如果老師問，有誰要當班長，你就趕快舉手。」因為她認為當班長的孩子不會變壞。

無奈，媽媽不了解學校的規矩，班長不是老師指定，就是同學選舉，從沒有自願的機會。好不容易有這麼一個自願當幹部的機會，我自然不會忘記母親大人的教誨。

當然，另一個理由是以往看到交通隊員站在路口，拿著指揮旗，好像很威風的樣子，便激發我「立志」當「官」的決心。況且，每當學生走過導護路段，都得向導護老師敬禮問安，這樣一來，站在一旁的交通隊員不也就被「順便」敬到禮了嗎？

想想看，如潮水般湧過馬路的學生，一個個恭恭敬敬的朝你彎腰鞠躬，多神氣呀！

當媽媽聽到我「榮任」交通

隊員時，眼眶中似乎閃動著晶瑩的淚光。她摸摸我的頭，柔聲說：「真想不到我的心肝寶貝已經長這麼大，升上高年級，可以為學弟學妹們服務了。想當年……」

我的天哪，媽媽一定又要提幫我換尿布的往事了。趁她陶醉在「榮耀的喜悅」中，我趕緊提出「晚飯後可不可以玩電腦」的請求。結果，媽媽竟然沒有樂昏頭，一聽到「玩」，臉色立刻一變，眉毛往上一揚：「一天到晚就想玩！已經五年級了，要記得複習功課。」

我只好垂頭喪氣的走回房間，拿出數學習作、無敵測驗卷、狀元參考書，以及資優練習題來寫。

我在每一本參考書上，都畫一個骷髏頭做記號。這樣幾千年後的考古學家，才會知道「殘害」我們這一代小孩子的，是什麼毒物。

輪到我當交通隊員那一天，我穿上金黃色反光背心，拿著金箍棒般的棍子，站在導護老師身旁。當老師一吹哨子，我就伸出金箍棒，擋住車子。所有的車輛，全都拜服在我的神力下，乖乖停住。

這一天，白雲特別白，藍天特別藍，連十字路口的紅燈也特別紅。當然，我的精神也特別好。我可以看見來來往往的行人，全對我露出敬愛的表情。他們一定在心裡高喊著：「多麼偉大的交通隊員啊！是保家愛民的榜樣。」

站在對面的張志明，胸膛挺得高高的，嘴巴緊緊閉成一條線。而楊大宏，戴著安全帽的臉龐多麼英俊瀟灑。如果有別班的女生暗戀我們三個英雄，那是一點都不稀奇，早在我們意料中的啦。

忽然，我身邊的楊大宏低聲叫了句：「慘了。」

只見楊媽媽從路的那一頭，笑咪咪的走過來，到了離我們約五步遠的地方，停住了，接著舉起手中的相機，大聲喊著：「楊大宏，看這裡。」

楊大宏很無辜的低著頭，不理他的媽媽。

「快點啦，笑一個，我還要去買菜。」楊媽媽又說。

馬路上的人，好奇的看著這一對母子。楊媽媽搖搖手裡的相機，喜孜孜的對路人宣布：「我兒子第一次當交通隊員耶。」

生平第一次，我覺得好愛好愛我的媽媽。她沒有來幫我照相留念，我真是太感激了。

張志明不知道怎麼想的，他居然要求楊媽媽：「也幫我拍一張好嗎？我要拿去放大，貼在

牆壁上。」

「沒問題。」楊媽媽往後退一步，對準正在傻笑的張志明。忽然，一輛機車從巷子裡快速衝出來，差點將楊媽媽撞倒在地。

「天哪，瞎子也能騎車嗎？」楊媽媽氣得破口大罵。然後，她想了想，告訴楊大宏：「你要不要考慮辭職？我替你寫辭職信。」

注：有些學校會由高年級學生協助導護老師與志工，在校門口附近擔任指揮交通任務。

楊大宏媽媽的意見：

聽說，現在很多學校已經不敢讓學生當交通隊員了，總算良心發現。我的意見是，以後叫學生做事，一定要考慮安全；比如提開水，可能會燙傷；夏天在操場升旗，會晒傷；臨時考試，會引發焦慮症。我的意見不多，只有這些。

3 愛上統一發票

最受歡迎的處罰方式，當然就是「不處罰」嘛。可惜，大人們總是認定「不打不成器」、「不罵不像話」，想出各種方法來對付小孩。

我很想蒐集所有的處罰方式，編成一本《101懲罰大全》，保證暢銷。

「被罵成笨豬，是一種恥辱吧？」本班的副班長楊大宏，皺著眉頭，推了推五百度的近視眼鏡，很不高興的對我和張志明訴苦。

張志明非常同情的回答：「就是嘛，豬根本不笨。」

楊大宏傷心極了，倚在窗邊，呆呆的望著操場。平時寸步不離的百科全書，現在被扔進抽屜裡。

我安慰他：「暴龍老師只是嘴上說說，並沒有惡意。他是『恨鐵不成鋼』，才罵你笨。老師以前就說過了，愛之深，責之切呀。」

為了減輕他的痛苦，我還舉出另外一個例子來說明：「像張志明，天天被暴龍老師罵，還不

是活得很好。」

張志明瞪我一眼：「謝謝你這隻老烏鴉。」

上午的數學課，暴龍老師叫楊大宏幫忙批改複習卷，結果楊大宏不小心，把第三題的答案改錯。老師發現後，氣得責罵他：「連我抄給你看的答案都看錯，你是笨豬嗎？害我得一張張重改。」

老師的聲音很大，我們誰也不敢吭氣，當然也不會有人趁機嘲笑楊大宏。全班同學幾乎都挨過暴龍老師的罵，一點也不好笑。

張志明聳聳肩膀：「習慣就好了，沒什麼。我還比較喜歡老師罵人呢！」

可不是，挨罵總比被處罰輕鬆。張志明順便發表他多年來的挨罵心得：「老師在上面罵，我就在心裡罵，罵蚊子、罵搶匪，還有垃圾桶。」

可憐的垃圾桶。

暴龍老師一點也沒辜負這個外號，他雙眼有神，身手矯健，精力過人，可以連上三節數學，毫不疲憊。不曉得為什麼，明明老師話講最多，可是最口渴的偏偏是我們。一下課，大家都猛灌開水。

第一次班會，老師鄭重的向大家宣布：「我的班級，各項競賽都要名列前茅，否則，臉色就會很難看。」他又補充，「當然是你們的臉色很難看。」

在我們的臉色快要變得死白前，老師又露出一絲慈祥眼神，安撫大家：「各位請放心，截至目前為止，沒有任何傷亡報告。只要跟我合作，本班必能威震全校。」

老師還表示，往年他教的班級，在畢業時，每位學生都能分到一面錦旗；這些錦旗就是兩年來，在生活競賽、基本動作比賽、合唱比賽、資源回收比賽等競賽當中，戰勝各班的成果。

「我希望兩年後，你們每個人也都能帶著一份屬於我們一班的驕傲回去。」

張志明非常高興，他悄悄告訴我：「那種錦旗是用會反光的布做的，如果剪一條掛在手臂上，晚上出去就不怕會被車撞

到喔。」

我真佩服他的想像力。

「你們願意輸給別班嗎？你們承認自己不如人嗎？」暴龍老師盯著全班看。

我們當然不願意，何況會反光的布很有用，我也很想要一塊。所以，全班同學都賣力的點頭，發誓要捍衛班級榮譽，爭取錦旗。

於是，老師開始傳授「必勝祕笈」。

「重賞之下必有勇夫，同樣道理，重罰之下也沒有人敢犯錯。今後，人人必須遵守班規，如果違規，便要接受處罰。」為了表現「民主自由」情操，老師說：「你們自己決定處罰方式吧。」

「罰錢。」陳玟首先發言。

「罰掃廁所。」

「抄課文。」

「跑操場。」

忽然間，全班進入一種熱烈的氣氛中，大家興高采烈的討論著，簡直忘了這些是處罰，是每個人將來都有可能嘗到的苦頭。張志明甚至主張：「罰跪。」

老師很欣慰：「看得出來，你們都很在乎班級榮譽。不過，你們提出的處罰方式，都是老套，一點創意都沒有。」

處罰還得有創意？看來暴龍老師真的「很有創意」。

「我是一個現代化的民主老師，絕不體罰，體罰已經落伍了。」老師步下講臺，在各排間走動。

「我的處罰方式非常與眾不同，好處多多。你們猜猜，會是什麼？」

楊大宏自從被罵過「笨豬」後，對暴龍老師很失望。不過，聽到這一番話，好像又對老師產生信心了。只見他把手舉得高高的，送給老師一個超級妙答：「幫老師按摩，罰越多按越久。」

老師大笑三聲：「楊大宏，你太早熟了吧。」

可是這個答案非常受歡迎，許多人附議：「好，好，幫老師消除疲勞。」

可惜，老師不欣賞我們的「孝心」，他說：「如果被家長誤會，告我性騷擾，可就麻煩啦。」

終於，老師受不了我們的沒創意，揭曉他的「創意處罰」

方式：「凡是違規者，要繳一張罰單。」

而「罰單」是——當月的統一發票。被班長登記一次罰一張，記得越多，繳得越多。

「買東西要記得索取統一發票，增進國家稅收；而且，發票可以對獎，中了獎，可以當班費。如果得到特獎，教室就能裝一部冷氣。」

老師真是太英明了。所有人一致通過，以後，就用統一發票來處罰我們。

張志明教我一個絕招：「買三樣東西，就分三次進去買，可以有三張發票。」他還說，要請他爸爸別再訂報紙了。天天買，發票才夠用。

我把這項偉大的決定告訴媽媽，媽媽的表情好像看到外星人一樣，驚訝的問：「真的嗎？」

哎呀，別問了，先送我幾張發票吧。

稅捐處的意見：

非常感謝教育單位的配合，並祝老師中大獎。

4 想不出來

只要老師說要「扣分」，大家就會乖乖的，不敢亂來。這就是分數最大的用途吧。如果有一種老師，他教的科目根本不打分數，學生會不會走出教室「罷上」呢？因為有人會說：「我聽得很辛苦耶。」不過，如果是我真正喜歡的東西，我想我並不會在意它有沒有分數。

當美勞趙老師展示一幅據說是「世界名畫」給全班看時，大家一陣驚呼。

「好醜喔！」、「亂畫嘛！」、「嚇死人了！」

這是本班送給這幅世界名畫的評語。

趙老師非常失望的說：「沒想到我面前坐著一群藝術盲。你們知道嗎，這幅名畫的原作，價值幾百萬美元，普通人存一輩子錢，也未必買得起。」

看在錢的分上，全班立刻再度驚呼：「好漂亮喔！」、「畫得好美喔！」、「迷死人了。」

趙老師搖搖頭：「看來，我得花不少功夫，才能讓你們變得具有藝術氣質。」

於是，她講了大畫家梵谷的生平故事，又拿他的畫冊給我們欣賞。她說：「認識大師，是接近藝術的最好方法。」

我們很快就愛上「藝術」了，因為老師說了一節課的故事，我們什麼也不必畫；而且故事非常好聽，梵谷又割耳朵又舉槍自殺，比靈異故事還要刺激。

當然，趙老師說：「最重要的，你們以後看藝術品，不要只看它畫得像不像。有些畫，越不像越值錢呢。」

為了讓我們習慣「不像的畫」，趙老師決定，下次上課，要介紹一位「超現實」的畫家米羅先生，然後讓全班一起來畫米羅式的畫。

米羅的畫，果然是「不像的畫」。比如有一張畫，只看見上面有一把大叉子和幾條線、幾個圈圈。老師卻說：「這張圖叫〈女人與鳥〉。」

還有一幅〈一滴眼淚的微笑〉。大家都在找，哪個是「眼淚」，哪個是「微笑」，張志明也很熱心的大聲問：「『一滴』在哪裡？」

經過趙老師的說明，我們才明白，其實米羅先生是把所有的東西都「簡化」。例如，「女人」隨風飄揚的長髮最令他印象深刻，所以，他就用簡單的幾條線，表達出這項特徵；結果，畫出來的，便是我們以為是「叉子」的女人。仔細想想，米羅還挺有道理，也挺有趣的。

當然，他可是世界知名的大畫家呢，絕對不是亂畫。老師還說，這幾條線，往往是米羅想了一個早上才完成的，簡單當中其實有「深遠的意義」。

「現在，我們就來模仿米羅的風格，創作一幅『不像的畫』。免得你們以後看到不懂的畫，就胡亂批評，顯得我教學失敗。」

老師真是用心良苦，那些專門畫「不像畫」的人，應該要好好感謝她。連張志明都點點頭發誓：「我以後不會再嘲笑廟裡的阿婆。」據他說，那個阿婆超級厲害，會畫好幾十種「超級不像」的畫，而且畫得又快又複雜。

趙老師說：「你講的大概是『符』吧。那不是畫。」

「可是有很多人去拜拜，然後向阿婆買。」張志明辯解著。

老師笑起來：「也對，那是『民俗藝術』。」

張志明非常興奮，拿起筆來，馬上準備示範阿婆式的「不像畫」。不過，老師說：「要有自己的想法，用心去感覺，試著用各種方式大膽去『玩』。只要你認為畫出來的線條、色彩很美都行。」

楊大宏非常嚴肅的問：「老師，畫什麼題目？」

老師回答：「大家自由發揮，想畫什麼都行。」

平時我們都習慣根據題目來畫，沒有題目，要畫什麼嘛？但是，不管我們怎麼懇求，趙老師就是不出題。班長陳玟咬緊牙根對老師說：「好，那我要開始畫了，老師您可別後悔。」

「別太依賴老師，藝術一定要有自由的精神。」

張志明的點子特別多，他用水彩塗滿雙手，「印」在圖畫紙上，又用水彩筆沾上顏料，在紙上甩一甩。

趙老師拍拍他的頭：「有創意。」張志明的創意激發了全班同學。大家開始動腦筋想些別出心裁的「傑作」。

身為學藝股長的我，當然不能輸給同學。我絞盡腦汁，終於決定犧牲。我把圖畫紙撕成好幾小塊，然後再用膠帶重新貼一貼。

老師在教室走了一圈，對我們十分滿意。她說：「你們的膽子很大，點子夠新，說不定將來比米羅還偉大。」

最後，她請大家為自己的作品訂一個題目。

「先看著畫，體會這張畫給你的感覺，再訂個有詩意的題目。就像米羅的〈一滴眼淚的微笑〉，多美呀。」

陳玟馬上見賢思齊的大喊：「我這張是〈一顆飯粒的哀傷〉。」她接著說明：「因為我畫的這顆飯粒，沒有被吞下去，而是黏在張志明的臉頰上。」

張志明很生氣，把嘴邊那顆飯粒抓下來吞進去，抗議著：「性騷擾！你侮辱我的臉。」

老師也說：「藝術要懂得尊重，別藉機傷害別人。」

陳玟說：「那我改成〈一顆飯粒的旅行〉好了。」

老師希望大家都能將自己的畫展示出來。她請我們輪流將作品貼在黑板，並寫下題目，供全班欣賞。

我左思右想，好不容易為我這張破破爛爛的畫，命名為〈我心已碎〉。趙老師還嘉許我：「具有突破性。」

楊大宏很緊張，追問趙老師：「圖畫占幾分，題目占幾

分？如果說明得長一點，會不會加分？」

老師雙手交叉，靠在窗邊，看著我們：「別成天只想著分數嘛，美勞課要放輕鬆。這張畫你們自己打分數吧。只要你覺得很用心，就可以打滿分。」

張志明聽到這句話，神采飛揚的走上講臺，把作品貼上去，回過頭來對老師說：「不可以騙小孩喔！」

我們看到的，是一張塗滿黑色線圈的「特級不像畫」。陳玟舉手發表心得：「張志明，你這張是〈一堆豬腸的遊戲〉，對不對？」

張志明瞪她一眼，然後在黑板寫下他的題目。

想不出來

他說：「我想很久，真的想不到嘛。」可是趙老師居然猛點頭：「很多大畫家想不出來，所訂的題目就叫『無題』呢。」

下課時，張志明神情嚴肅的跑來告訴我：「我想，我以後可以考慮當『大畫家』。」

米羅的意見：

沒意見。「想不出來」挺好，下次我也要用。

5 范彬的無罪減肥法

身材其實是天生的，據說有肥胖基因的人，便免不了「胖」的命運。不同朝代與不同國家對「胖」的看法也不同。如果能訂定「世界公約」，規定不可以嘲笑別人胖或瘦，就不會再有「減肥藥害死胖子」這類的事件了。

本班的范彬，不幸是個天生的胖子，張志明老愛以一副神父的表情安慰他：「上帝這樣做，一定有祂的道理。」我比較有同情心，會補上一句：「世界上那麼多胖子，你不需要一再強調自己並不胖。」

副班長楊大宏的說法有火上加油的效果：「重點是，就算你再三強調，胖還是胖。」

陳玟是班長，任何話題，她都有辦法下一個讓男生心碎的結論：「總之，肥胖——尤其是五年級男生的肥胖，通常與好吃懶做有關。」

然而，范彬在暑假中背了些成語，有幾則在腦子裡生了根，可以激勵他痛苦的人生。他以十分嚴肅的表情向大家宣布：「人是萬物之靈，長得胖的人特別靈。雖然，我的胖會造成你們的罪惡感，但我是不經一事，不長一智，我決定開始減肥，以拯救你們。」

一向以成語權威自居的陳玟，簡直被這番糊里糊塗的演說氣壞，咬牙切齒的指著范彬圓滾滾的腦袋：「你你你，必須罰寫『我不胡說八道』五百遍。像你這樣的人，讓文字蒙羞，該面壁思過。」

范彬果然轉身面對牆壁，一面嚼著他心愛的陳皮梅，一面安靜的思考。陳玟很滿意，點點頭說：「孺子可教，知過能改，善莫大焉。」

范彬卻又轉過頭來大喊一聲：「別吵，我正在想晚

餐到底要吃什麼？」

其實，五年一班不是只有一個胖子，全校也不是只有一個范彬過胖。但是，范彬喜歡鑽牛角尖，每當他吃飽沒事幹，就專心思考這個「胖」問題。

范彬終於下定決心的那一天，一早上學，便拉著張志明，要他觀賞自己前一晚絞盡腦汁寫的「減肥計畫表」。洋洋灑灑列了十大要點。

「為什麼是十大要點？聽起來會讓人聯想到十大酷刑耶。」張志明看了，發表他的感想。

范彬想想也對，連忙拿起筆，把紙上寫的第一點：「我每天只能吃三餐」劃掉。

「嗯，現在變成九點了，我覺得離成功越來越近了。」范彬開心的咧開大嘴。

我提醒他：「你什麼也沒做啊。」

范彬不服氣：「我就要開始行動了，你們等著看。從此以後，我一定會讓肥胖離我遠遠的。」

第一節上課，上的是國語課，暴龍老師滔滔不絕講解「聯想法」。他說：「各位同學，寫作文章，可以運用聯想力，讓自己的創意海闊天空，無限寬廣。」

暴龍老師開始舉例：「比如，看到紅色，我們會聯想到太陽，從太陽又可以聯想到溫暖。」

「如果我現在改成『藍色』，你們會聯想到什麼呢？」

陳玟第一個舉手：「海洋，碧波洶湧的海洋。」

暴龍老師最喜歡使用標準成語的學生，立刻大加讚許。

楊大宏緊接著說：「天空，一望無際的天空。」

其他同學也相繼想出他們的答案：「外國人眼睛、冬天、憂鬱……」

范彬思考半天，終於興奮的想到：「薄荷冰淇淋。」

暴龍老師再出題：「那黃色呢？」

范彬：「芒果冰淇淋。」

「咖啡色呢？」

范彬兩眼發光：「巧克力冰淇淋。」

下課時，陳玟幫范彬重新擬了一份「減肥計畫表」，也是九大要點，最後一點寫著：「如果任何方法都無效，我也不必有罪惡感。」

范彬很滿意，剝開一顆陳皮梅，丟進嘴裡，口齒不清的說：「對呀，畢竟有罪惡感的是你們，又不是我。是你們覺得比我瘦，對不起我。」

陳玟的意見：

范彬的字典裡，「罪惡感」這三個字的解釋一定跟我們的不一樣。

6 愛母語比賽

「比賽」是害蟲還是益蟲呢？發明「比賽」的人，是好人還是壞人？我想了很久，越來越覺得，有比賽就有傷害。媽媽說，比賽可以分出勝負，增進榮譽；但是，對輸的人來說，不就是失去榮譽嗎？「志在參加，不在得獎」是騙人的，很多沒得獎的人回家都在哭。

清晨，我走進校園，榕樹下有幾位早起運動的老人正在做外丹功，他們的臉上帶著微笑，好像很幸福。

當我再靠近一些，才知道他們的笑容，是有原因的。

戴眼鏡的老伯說：「那個老師講得怪怪的。」

另一個說：「應該叫我去教才對。」

然後，他們又大笑起來。

原來學校的擴音器裡，正傳來教務處老師的聲音：「來，全校小朋友跟我一起唸：蹦康、蹦康。蹦康就是山洞的意思。」

喔，是早自習的「母語學習」嘛。

從這學期開始，每天早自習時間，都會有老師透過廣播，教全校學生講閩南語、客家語。另外還發了一本《母語晨讀教材》，我們都很喜歡，因為裡面畫了很多人，正好可以幫這些人加眼鏡和鬍子。

我最熟悉的一句閩南語就是「歐巴桑」，是「中年婦人」的意思。媽媽最痛恨別人這樣叫她，她說：「與事實不符。」每當我和妹妹吵架，只要一說：「歐巴桑！」妹妹馬上大哭，說我侮辱她。

我愛死「歐巴桑」了。

自從早自習開始教母語，張志明就常常被班長陳玟登記在黑板上。張志明的閩南語說得很流利，連「流利」的閩南語

他都知道怎麼說。所以，他覺得早自習很無聊。

但是，暴龍老師規定，全班一律要跟著廣播練習，而且要「唸出聲音來」，這樣，打分數的導護老師才會被我們的勤學感動，替本班加分。

張志明說：「我已經天天在家講母語了，早自習讓我看漫畫吧。」陳玟鐵面無私的記下他的名字，並且警告他不准帶漫畫來。她說：「反正你家那些漫畫，我早就看過了。」

不過，最可憐的不是張志明，而是副班長楊大宏。他被暴龍老師指定，將代表本班去參加「母語演講比賽」。比賽當然要得名，才能為本班增光，也才能為生活競賽加分，我們才有獲得優勝錦旗的希望。開學時，暴龍老師就說，如果錦旗夠多，會在畢業時分給全班學生。那是用會反光的布做的，大家都想要呢！

楊大宏推了推眼鏡，向老師報告：「我不會講閩南語，可不可以請張志明參加？」

老師說當然不可以，張志明那個樣子，比賽會贏嗎？

張志明下課告訴我：「我才不想參加哩，輸了怎麼辦？而且我最討厭背演講稿。」

說得也對，他連「白日依山盡」都背不起來。

暴龍老師要楊大宏寫一篇「演講稿」，背得滾瓜爛熟，然後先在班上練習，講給全班聽。

非常痛苦的楊大宏，向我吐苦水：「為什麼我要長得這麼聰明可愛？」

這是暴龍老師說的，他傳授大家一個祕訣：「參加演講比賽，一定要長得面目清秀，看起來一副很聰明的樣子，才有希望得獎。」

這就是閩南語講得很流利的張志明，卻不能參加「母語演講比賽」的原因。

第二天，楊媽媽親自到學校來，和暴龍老師討論講稿的內容。楊媽媽非常嚴肅的提供意見：「內容千萬不能太嚴肅，要活潑輕鬆，比較有希望得獎。」

她答應會盡全力協助楊大宏，擬一篇精采的講稿，督促他背好；還會在適當的句子中，加入慷慨激昂的動作，以博取評審的高分。

她很用力的和老師握了手，堅定的說：「我們要親師合作，共同為下一代謀福利。」臨走前，又勉勵全班：「同學們，請為楊大宏加油。最近少跟他說話，以免他傷了喉嚨。」

陳玟一定是嫉妒，她居然對我說：「楊大宏發音不正確，怎麼會得獎？從前，我代表班上去參加說故事比賽、愛國演講比賽，成績斐然，暴龍老師一定不知道。」

幸好，不久後，老師又指定她去參加「母語歌唱比賽」，才平息她的憤怒。每節下課，她都拉著楊大宏到走廊練習，還指定張志明幫他們「矯正發音」。但是，她根本不太理會專家的意見，每當張志明說：「這句話應該翹著嘴巴唸。」她就會「哼」一聲：「沒關係，各地的腔調不同嘛。」還很肉麻的說：「唸錯比較可愛。」

距離比賽的時間越來越近，暴龍老師決定每天早上，請兩位選手先在班上練習。他事先警告大家：「不准笑，更不准偷

笑，免得破壞選手的情緒。」

楊大宏首先站上講臺，他看了看大家，遲疑了一下，然後用好像準備上斷頭臺的表情說：「各位嘉賓，各位小朋友……」「小朋友」的閩南語，聽起來容易誤會成是「小冰友」，而「嘉賓」，就是「加冰」。總之，把它想成是夏日冰品大會串就對了。

為了本班榮譽，我們都賣力的忍耐，不可以笑出來；甚至在楊大宏伸出雙手，做了一個「擁抱」的姿勢時，也都繃著臉，沒有笑得跌倒。因為他是配合講稿裡的「我們要愛護母語，愛護鄉親，愛護土地」。這麼多「愛」，加上熱情的「擁抱」，肯定能

打倒其他選手。

陳玟更不得了，用她平常管秩序的超級女高音，唱出〈茶山情歌〉，害我們都感動得頭皮發麻。她不讓楊大宏專美於前，使出更多熱情的手勢，包括一個漂亮的「蘭花指」。我們都認為，他們兩位必能載譽歸國。

暴龍老師最滿意了，他點點頭說：「母語教育太成功了。每個人都應該向他們兩人學習，認識自己的母語。」

不過，如果你看到楊大宏和陳玟的講稿和歌譜，也不准偷笑喔。他們用注音符號、國字，標示每個字的讀音，有的還加詳細注解。比如「讀書」的閩南語要唸成「踏豬」，「眼淚」是「媽塞」，真是創意十足。

只有張志明嘟著嘴小聲抱怨：「楊大宏說的腔調，好像外國人喔。」楊大宏也氣呼呼的回他一句：「我背得很累耶，母語簡直是外星話。」

母語的意見：

雖然有的小朋友把我整得「不像話」，但是我還是感謝有關單位讓我有機會露面。我有個意見，麻煩不要隨便幫我加上注音，我會笑得「說不出話來」。

7 圖書館課

學校如果把每一科的單元，都拍成精采的電影，請偶像明星演老師，把課文編成歌來唱，不是很好嗎？考前三名的，可以獲得偶像簽名照片，一定會激發學習的熱情。這一點，教育部長可以研究研究。如果每間教室都像圖書館，擺滿許多書，不時放映有趣的影片，學生就不會最愛「下課」了。

電話鈴聲響了，我的第六感在說，找我。「找你。」果然，媽媽放下話筒，用不可思議的眼神盯著我，要我去聽電話。

自從老師製作全班的通訊錄，並發給同學後，張志明就天天打電話來東家長西家短。他非常懂得電話禮儀，一定先對我媽媽說：「張媽媽，我想請問張君偉今天的功課。」

接著，我們便從「電動玩具的破關祕訣」討論到「明天交換哪一張貼紙」。媽媽雖然一直故意在電話附近抹桌子、擦地板，不過，這種高深的學問，她反正也聽不懂。

媽媽只懷疑：「為什麼不在學校問清楚呢？」

說實在，和媽媽比起來，我們使用電話的技能跟耐力，真的不能算什麼。

不過，這回張志明在電話裡，是與我進行「學術交流」。

他說：「星期天，我們到市立圖書館去。」

媽媽聽見我們的談話中，不時冒出「圖書館」三個字，肅然起敬，跪在地上將地板擦得亮煞亮煞。

「真看不出這張志明，還會上圖書館。」我一掛上電話，媽媽就用一副「天下紅雨嘍」的表情對我說。

「是啊，他還常常去故宮博物院哩。」我倒沒說，那是和他叔叔去賣烤魷魚。

為了歡送我「光榮」上圖書館，媽媽不但準備了冰紅茶，

還有一包搭配圖書館風格的維他命餅乾，以便我們做學問「做」累了，可以適時補充體能。

星期天，圖書館的兒童閱覽室人潮洶湧，許多媽媽叮嚀小孩：「乖乖看書，我等會兒來接你。」然後，便去買菜。

這些小孩只看圖不看字，一本書翻兩下就換；要不就和同伴在書架間躲貓貓。我和張志明簡直無法忍受這種沒氣質的小孩，於是，直接到三樓視聽室去看電影——其實，我們本來就是來看電影。

張志明透露，自從他無意中知道圖書館會放映免費影片，便常常來。他的媽媽也深受這種好學態度感動，一到星期天，就催促他上圖書館，以免他在家整天看電視，這樣還可幫家裡省點電費。

可惜本週的影片不夠精采，沒有人接吻。張志明也不滿意，他說上次的電影，男女主角吻了三次，互相打耳光，還哭了呢。

沒關係，圖書館還有好玩的事。我們雖然不懂電腦，卻以「科技神童」的姿態坐在電腦前東按西敲。不論我們按什麼鍵，電腦就是不理睬。張志明老到的說：「公家物品就是容易被玩壞。」說完，管理員走過來：「想查什麼書？要不要我幫忙？」

除了課本和漫畫，我們實在想不起來認識什麼書，只好搖頭謝謝他的好意。

為了不幸負圖書館，我們終於決定去看看書。張志明挑了《王阿姨說鬼故事》，我選了本《朱大頭遊地獄》，埋頭苦讀。

第二天上學，我大力宣揚圖書館的好處。楊大宏聽了，冷冷的說：「我早就固定借書回來讀，最近看的是《基度山恩仇記》，你看了嗎？世界名著。」

張志明答：「昨天我們有看《林投姐報仇》。」

楊大宏「唉」的一聲，同情的開導：「去圖書館，只看鬼故事是不行的。」

我急急辯白：「我們還看電影。」

他「唉」的又一聲：「圖書館如果是人，一定會覺得很不甘心。」

他又說出一套偉大計畫：「學校應該開一門『如何使用圖書館』的課。」

「就是！我常常被圖書館的飲水器噴溼。」張志明忿忿不平。我也一針見血：「連廁所的標誌都不清楚。」

於是，我們準備在班會中，提出建議。

根據楊大宏的睿智見解，學校除了國數社自，還必須加入「圖書館」課，讓學生熱愛圖書館。「人人愛看書，個個有前途。」這是他花了三天三夜才想出的口號。

暴龍老師沒料到班上居然有我們這種優等生，為全校學生的前途積極奮鬥。於是，他被這種「學習熱情」激起「教學熱情」，表示將從下週開始教我們「如何使用圖書館」。而且要考試，還要跟國數社自一起考三次段考。

全班同學都非常「感謝」我們，從他們痛恨的眼神可以知道。為了我們往後的日子著想，楊大宏連忙舉手提案：「主席，我覺得剛才那個提案不夠成熟，我收回。老師教導我們國數社自，已經夠辛勞了，怎能讓他再多教一科？簡直是謀害老師。」

於是，全班都一致同意——「圖書館」我們自己去就好，不必老師教。

圖書館館長的意見：

其實「圖書館課」比學校任何一科都重要，應該要教，讓學生學會正確利用圖書館。

楊大宏媽媽的意見：

拜託！升學考試又不考「圖書館科」。

圖書館館長的意見：

升學考試也沒有考「吃飯」啊。

8 勇士們

奇怪，在學校，學生不但會掃地、擦窗戶、倒垃圾，連廁所都能刷得亮白；在家裡，卻連一塊抹布在哪裡都不知道。學校是把學生教聰明，還是教笨了？

由於眾神對我們這一組特別厚愛，準備讓我、張志明、楊大宏和范彬成為「人上人」，所以，在一堆紙籤當中，我們抽中掃廁所。

「什麼？掃一年級廁所！」張志明悲憤的哀號，「一年級最『那個』了。」

我完全明白他的意思；現在的一年級，真是一代不如一代。想當年，我們有「那樣」嗎？有那麼愛哭、亂跑、亂叫，以及「亂拉」嗎？每次經過一年級廁所，簡直是嗅覺的災難。如今，我們幾個大男人，竟要去掃廁所！

楊大宏冷靜應戰，指揮我們回家後，記得購買先進的裝備，例如：有濾毒效果的口罩、添加護手霜的橡皮手套、防水長筒靴；如果可能，媽媽的香水也帶著。

張志明點點頭：「香水我負責。」他說他媽媽噴的那種香水，連蚊子都不敢靠近。

班長陳玟雪上加霜，警告我們：「掃不乾淨會扣分，暴龍老師交代我天天去檢查，你們小心點。」

第一天上班，我們便被眼前的「景色」嚇得差點魂飛魄散。唉，難道現在一年級的那些小孩，屁股都是歪著長嗎？

楊大宏嘆口氣，催張志明：「快灑香水。」

張志明迅速從口袋裡拿出一個塑膠袋，打開一看，空空如也，只留一縷「臭臭的香」。

「啊！你用塑膠袋裝香水？」

張志明懇切說明，因為他媽媽每天都會噴，所以不能整瓶偷來。至於塑膠袋，因為臨時找不到乾淨的，只好拿垃圾袋湊合湊合。

「作戰沒有精良的武器，怎能有勝算？」楊大宏戴起「活性碳纖維口罩」，用視死如歸的精神，分配工作。我提水，張志明沖，范彬刷。

「那你呢？」提、沖、刷三人問。

楊大宏推了推眼鏡：「我研究。」

根據他熟讀《孫子兵法》、「金庸全集」以及《新武器大觀》的經驗，他提出一套偉大見解：「一年級是不可思議的，總能做出不可思議的事。我們必須了解敵人，針對弱點攻擊。」

於是，我們賣命的工作，楊大宏賣命的思考。最後，他擬出作戰計畫。

「在每間廁所牆上貼標語，勉勵他們『做什麼，像什麼』。」楊大宏得意的說：「比別班貼『來衝衝、去沖沖』有創意吧。」

可是一年級不認識國字，而且他們一定不懂得我們的諷刺。這種高深的作戰方式不適合幼稚的敵人。

范彬說，貼一張正確姿勢的示範相片，如何？

「很好，你當模特兒。」

范彬立即撤回這個提案。

我也貢獻智慧：「在便池兩邊畫腳印，提醒他們站在正確位置。」

可是，沒有人敢在廁所地板畫畫，有可能被指控破壞學校公物。

張志明一鳴驚人：「收買他們！」他激昂的補充說明：「我們到一年級各班去講笑話，發糖果，巴結他們，使他們不忍心毒害咱們。」

廁所跟糖果之間，居然能產生這種關係。我們都很佩服張志明，一致同意他獨力作戰，把剩下的廁所掃完。我們三人則到走廊「無奈的生氣」。

楊大宏覺得，與其消極的抵抗，不如積極的奮鬥。他打算今天回家，把在校的悲慘遭遇稟告雙親；必要時，流他幾滴英雄淚，證明掃廁所的艱苦辛酸。如此，博得父母的同情，也許明天——說不定急性子的楊媽媽就在今夜，會打電話向暴龍老師陳情，免除他這項苦差事。

「而且，我還有氣喘哩。」楊大宏忽然非常高興自己有病，「患氣喘的人應該不能掃廁所吧。會感染支氣管炎，引發心臟衰竭，造成呼吸困難……」

他興高采烈的訴說病情，我們聽了真是悲痛萬分，很懊惱自己沒有氣喘。

張志明褲腳溼淋淋的跑出來，揚揚手中的刷子喊：「喂！世界奇觀，你們要不要看？」

雖然噁心，我們還是好奇的陸續進入三號廁所參觀。天哪！整份的麥當勞薯條被倒在便池裡。

「這些一年級太不像

話了。就算不吃，也應該好好的放在地上給人撿。」

聽了張志明的話，我想最近三個月內我不會再去碰薯條。

楊大宏的哀兵計畫，獲得全體組員同意。范彬說他回家會向奶奶撒嬌，請奶奶命令爸爸寫聯絡簿，表明「寧倒垃圾，不掃廁所」的立場。張志明想了想，也表示：「我會告訴媽媽，獅子座的人根本不適合掃廁所。」

至於我，準備對媽媽發誓：「學校廁所有鬼，我怕。」為了加強效果，楊大宏下課時還幫我想了兩個鬼故事。

結果，媽媽居然眉毛一挑，瞪著我說：「叫你不要看那些亂七八糟的鬼故事，偏不聽。」而掃廁所，很好，媽媽覺得我正需要，下個月家裡的廁所就交給我清掃，

因為「掃廁所的孩子不會變壞」。

不但我媽媽缺乏愛心，其他兩人也一樣爹不疼娘不愛。只有楊大宏的媽媽覺得：「掃廁所會影響心靈健康，」建議這種高難度工作應該交由清潔公司包辦，像他們家一樣。

第二天上課，暴龍老師手裡捧著一包餅乾走進教室，用很難得的慈藹語調說：「一年級老師說，本班廁所組十分盡責，打掃得潔白亮麗。」

雖然被讚美的滋味不錯，但是，我們還是不會輕易被一包餅乾收買。張志明說：「至少也要一人一包嘛，刷得手痠呢。」

楊大宏媽媽的意見：

不是我意見多啦，我只是覺得掃廁所會影響人格發展；楊大宏比較適合擔任監督工作。這是我最後一次發表意見，謝謝。

9 補

我覺得發明補習的人應該是馴獸師。他可能是從訓練動物得到的靈感。因為，補習班就是讓你一直練習，一直練習，直到寫對為止。不過，被訓練的動物如果做對了，會有東西吃；而補習卻得自己繳費。這是最大的不同。

我永遠記得那一天。

那一天，我快快樂樂平平安安的從學校回到家，一進門，媽媽便說：「走，我們去補習班參觀。」話一說完，天邊立刻響起一道轟雷，並且淅瀝瀝瀝下起雨來。

其實老天沒有配合劇情雷號雨泣，那是我的希望。藍天乾淨得像才洗熨過，一群不知學生疾苦的麻雀，喜孜孜跳來躍去。而我，被媽媽押著上補習班。

這都要怪楊媽媽，她熱心的通知媽媽，「狀元補習班」正在招募學生：「兩人同行，可免報名費」，補越多，省越多。於是，向來聽到「打折」就神智不清的媽媽，一口答應讓我也下

油鍋去炸炸，看能不能炸出香脆可口的成績單。

我和楊大宏在補習班相會，見了面默默無語。倒是兩個媽媽興奮得問東問西：「補一科多少錢？」、「補到幾點？」、「保證進步幾分？」

媽媽還石破天驚問一句：「廁所夠不夠用？」自從報紙說許多學生憋尿憋出病來，她便每天擔心，怕我該尿時不尿。

補習班主任不慌不忙回答：「本班經教育局立案，師資一流，有效教學。我們用心，家長放心。」他又鄭重補充：「我們還有最先進的馬桶。」

可是楊媽媽不放心，她強調：「千萬不能打小孩，我兒子有氣喘病，而且近視，容易緊張，曾得過中耳炎，對花粉和桑葉過敏……」

補習班主任咬牙保證，補習班裡絕對不會種花和桑樹，老師也不打學生，楊媽媽這才放心。

於是，我和楊大宏就這樣被送入補習班。這一天起，我們正式向每日下午的卡通告別，向公園裡騎腳踏車的時光告別，向無憂無慮的童年告別。

張志明安慰我們：「補習班又不是惡魔島。」他還經驗老到的說，補習班裡的老師很會講笑話，以便迷住學生繼續補下去。這是他聽說的，不代表他的立場。事實上，他寧願自己在家看笑話集。

楊大宏瞪他一眼：「我最討厭別人說風涼話。」想想看，以後每天下午的卡通節目播映時，正是我們埋頭苦寫數學測驗卷時。我們成了「卡通盲」，不知道宇宙戰士的最新武器，也不了解銀河中最可怕敵人的真面目，多麼落伍！

補習班的數學老師頭頂禿著，好像在說：「看，這是苦讀數學的下場。」他發給大家一張測驗卷，規定我們半小時內寫完，再打分數。

我帶著一張「三十五分」的考卷回家。黃昏的街道，臭豆腐從街頭臭到街尾。

媽媽在考卷上簽了名，皺眉問：「怎麼補出這種分數？」我嘟嘴訴苦：「補習班的進度比學校快，今天考的，我根本不會寫。」媽媽想了想，面容慈祥的拍拍我的頭：「沒關係，會漸漸進步的。補習的孩子不會變壞。」

真想知道楊大宏的媽媽看到他「四十分」的考卷，臉上會有什麼表情。

不久，我們在補習班交上新朋友。七號說，他考幾分都沒關係，主要是在補習班等爸媽下班。十號說，除了數學，他星期三、星期六還補英文，為兩年後的國中課程準備。他還當場寫了幾個英文單字，說要送給我當禮物。

三十號臉上已經長青春痘了，他讀另一所學校；據他說，每天放學都有一票女生糾纏他，讓他不得不到補習班來避難。

楊大宏推了推眼鏡，點點頭：「我同意你的做法，五年級談戀愛太早了，身心發展還不成熟。」

其實，我有足夠理由相信，楊大宏正在暗戀班長陳玟。否則，為什麼下課時，他總拿著百科全書，在陳玟的座位附近走

來走去？

上補習班能廣結天下豪傑，總算使我們開心一點。此外，補習班外面賣的「蚵仔麵線」味道不差，「珍珠奶茶」的珍珠也夠大。每天算完數學，臨走前來一客，當作對自己辛勞補習的報酬。

媽媽卻說：「攤子上的食物別亂吃，小心得肝炎。喝家裡煮沸的開水才衛生。」楊大宏媽媽也痛斥「蚵仔麵線」使用免洗碗，沒有環保觀念。她放了個不鏽鋼碗在書包，要楊大宏萬一想吃時，用自己的碗去買。

為了表現孝心，我們決定還是回家吃媽媽做的晚餐，不再理會「蚵仔麵線」、「珍珠奶茶」，以及「烤香腸」和「鹽酥雞」。補習班附近這麼多陷阱，我們得堅強些。

禿頂老師真的很愛講笑話，不過，只有他一個人笑。笑完三秒鐘，便開始發考卷，測驗、檢討、訂正，然後下課。我終於知道，考多了就會變聰明，要不然，老師也會逼你變聰明。因為，他的口頭禪是：「這一次先饒了你，下次這種題目再犯錯，我的手就要癢了。」

我們當然知道「手癢」是什麼意思。所以，只好拚命的寫。補習班裡一片靜寂，只聽見「沙沙沙」寫考卷的聲音，和禿頂老師來回巡視的腳步聲。

總算沒有辜負補習費，第二次月考，我的數學進步五分；不過，沒有補習的張志明卻進步十分，真令我百思不解。也有可能是他運氣

好，選擇題猜對了。

媽媽很高興的在考卷上簽名，勉勵我：「進步的感覺不錯吧。人生不是只有卡通！」

楊大宏一分都沒進步，他上次考一百分，這次還是一百分，怎麼進步？

楊媽媽還到處打聽：「哪裡有在補『體育』？大宏的體育比較差耶。」

補習班老師的意見：

我們對國內教育很有貢獻，絕不是只為了賺錢。為了擴大招生，我有一個意見：請學校老師和我們合作，把功課差的學生通報給我們。

10 溫馨來相會

媽媽說，現在當校長挺辛苦的，除了要開會、看公文，有時還得打扮成耶誕老人，或小天使。我們的校長，也不輕鬆，輪流到各班吃午餐，好像應酬。其實如果想知道學生的心聲，可以設立「校長信箱」啊。不過很多大官，都喜歡在吃飯時順便開會，可能校長也是這樣吧。

暴龍老師以非常沉痛、嚴肅、激動的語調，宣布一件事：

「下週一，校長要與你們共進午餐。」

老師的表情，簡直像在說：校長要以你們當午餐。

班長陳玟馬上站起來發表意見：「我們一定要好好的吃，努力的吃，絕不能輸給別班。」

「又不是拔河比賽。」張志明的音量只像一片落葉拂過，可是暴龍老師耳聰目明，立刻大吼：「我就知道本班有害群之馬，準會在吃飯時讓本班馬失前蹄。」

老師指著公布欄的「生活競賽」優勝錦旗，帶領大家數數：「一面、兩面、三面、四面……」

總而言之，開學六週，我們已經領到四面錦旗，戰果輝煌。然而，

我們不能懈怠，務必在學期末成為總冠軍。因為，暴龍老師的字典裡，沒有「亞軍」這個詞。

如今，校長要來我們班，而且是來吃午餐，也就是說，整整三十分鐘，校長將待在我們教室裡。「到時候，地上的一粒米、一滴水，都可能被扣整潔分數。」老師像個權威的占星家預測著。

楊大宏推了推眼鏡，舉手發問：「校長是來我們班打整潔分數的嗎？」

「當然不是。」老師恨鐵不成鋼，皺眉咬牙說明：「如果

教室髒兮兮的，校長吃得下飯嗎？」

最後老師做結論，明天舉行大掃除。

「對了，差點忘記。這次活動叫『與校長的溫馨相會』。張君偉，你回家畫一張海報，當天貼在黑板。」

而今天的回家功課，是「想一句要跟校長說的話」。老師強烈建議，這句話要「溫馨」。

原來，校長覺得他平常太忙，跟學生接觸機會少，以致於許多學生不認識他，甚至還有低年級學生叫他「工友伯伯」。為了促進校園和諧，他打算輪流到

各班「溫馨相會」，一起吃午餐，順便聽聽學生的心聲。

我們都覺得校長很偉大，願意和小孩子吃飯，還要聽心聲。張志明說：「乾脆利用這個機會，向校長提出要求，請他多蓋一個操場，下課才夠用。」

「多蓋一間電腦教室才對。」楊大宏反駁。

范彬卻主張：「多設自動販賣機。」

班長陳玟在旁冷笑一聲：「你們真的很幼稚，以為校長是耶誕老公公嗎？」

楊大宏輕聲細語的解釋：「適度表達心中的想法，這是現代公民應有的責任。」

可是陳玟不理會，嘴一撇：「你不必背社會課本。」頭一甩就走開了。

暴龍老師對我們很沒信心，唯恐在「溫馨相會」時，會發生什麼不溫馨的事。所以，他要全班在前一天先「預演」，彩排與校長吃飯時的步驟。

他指揮全班將桌椅圍成馬蹄形，並選定陳玟的桌椅，到時候供校長使用。陳玟拍了一下桌面，對天發誓：「老師您放心，現在起，一隻蒼蠅都別想靠近我的桌子，我會把它擦得潔白亮麗。明天我還會帶英國進口的桌巾來鋪。保證讓校長龍心大悅。」

但是，老師想了想，又覺得這樣太「假」了，校長會起疑。不如用范彬的桌椅，比較自然。

「范彬的桌面畫了機器人。」陳玟檢舉。

老師想了想：「沒關係，總比張志明的好。」

張志明桌上畫的是烏龜。

「位置也得重新安排一下。」老師站在講臺，閉目苦思，最後決定讓班長、副班長這兩個比較「會說人話」的學生，坐在校長兩旁。而張志明，坐在校長的背後，以免驚嚇到校長。

「大家都準備好一句溫馨話了吧，現在從一號開始練習。」

一號字正腔圓，說：「謝謝校長建設學校。」

老師搖搖頭：「必須具體說明，喜歡學校什麼。」

一號抓抓頭，好半天擠出一句：「我喜歡……學校賣的礦泉水，比外面便宜一元。」

二號楊大宏推推眼鏡，將臺詞背得很熟：「請問校長，您對學生有什麼

期待？」

老師欣慰的點頭：「很好，這句話有深度。」同時，他指定楊大宏到時候第一個發言。

可是陳玫在媽媽的指導下，發言內容更是精湛：「本校歷史悠久，學生應如何維護傳統，開創未來？」

老師顯然很為難。最後他決定，陳玫最後一個發言，使這場相會以高潮收場，讓校長回味無窮。

最重要的，當天大家的便當內容要規劃一下。畢竟，與校長共進午餐是多麼難得的機會。陳玫本來還想請爸爸來攝影，不過老師說，這樣太「假」了，我們應該以平常心看待。

校長來的那天，黑板貼著我的招牌畫——暴龍和三角龍，寫著：「歡迎校長」；陳玫還撒了金粉在上面。地板白得發亮、亮得發光，還有淡淡的玫瑰花香。暴龍老師還借了音響，播放著鋼琴曲。這是多麼有氣質、高品味的班級。我們甚至還來了一段：「謝謝爸媽，校長請用，老師請用。」

校長一面吃便當，一面向大家微笑。他說：「今天我想聽聽小朋友的意見，有什麼話都可以對校長說。」

我們按照老師的安排，一一舉手發言，校長也一一回答。校長很感動的說：「你們班很有禮貌，也很懂事。不像別班。前幾天，我在別班，竟然有人向我建議，希望學校多蓋一個操場。你們說，這怎麼可能？」

大家都微笑搖頭：「對呀，要蓋在哪裡嘛。」連校長背後的張志明也慷慨激昂的說：「說這句話的人真是笨蛋！」

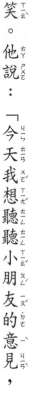

於是，和校長的相會，就在笑聲中溫馨的結束了。

校長的意見：

我很重視學生的意見，也覺得很欣慰，孩子在學校的教育下，說話越來越得體了。對不起，我和教育局官員還有「午餐會報」，就不再說了。

11 早點

早餐太重要了，據說早餐必須吃得像國王。可是，我們現在只能吃得像個乞丐。如果每天睡得飽飽再起床，好好吃一頓大餐，有牛排、海鮮、現榨橙汁、剛出爐麵包，真是快樂的人生。不過，除非學校改為九點上學，不然，我們就得凌晨五點起床吃飯。

「這是什麼？」媽媽從我的書包裡，拎出一個有點嚇人的東西，用有點嚇人的音調吶喊著。

我連忙換上一張「做錯事小孩」的無辜表情，低聲回答：「因為……嗯……沒時間吃嘛。」

媽媽捏著那包已經發酸長霉，並且開始滲出一些可疑液體的三明治，對著我大吼一句：「你竟然沒吃早餐！你知道早餐多重要嗎？」

她從醫學報告一直發表到心理學研究，不時還穿插些「父母賺錢的辛勞」，以便讓我明瞭，不吃早餐是多麼罪大惡極的事。

其實，我只是沒空吃，並非

不想吃早餐啊。

媽媽不相信一個五年級學生，居然連找出五分鐘吃個三明治的本領都沒有。她懊喪的做了悲慘預測：「一個人，連早餐這件小事都沒法子處理，將來，能有什麼前途？」

天哪，我的前途就要毀在三明治手裡，我得振作起來。我答應媽媽，明天一定會將早餐吃完，吃得一粒芝麻都不剩。

媽媽說：「三明治哪有芝麻，不必誇張。反正不吃早餐，是害了你自己。我又不會少一塊肉。」

好個激將法！不過，我知道媽媽非常希望自己能少塊肚子上的贅肉。

這能怪我嗎？這都要怪暴龍老師。他規定早自習時間不能吃早餐，必須跟著學校的廣播學習母語。

「一日之計在於晨。利用早上清醒的時候，學習母語，以培養愛國愛鄉的情操。」老師說完，又加了句：「而且，導護老師會在早自習時間來打分數，如果看到全班正在大吃大喝，秩序成績一定零分。」

我們當然不能拿零鴨蛋，這樣就領不到優勝錦旗了。那個時間，全班都正襟危坐，跟著廣播一句句唸著；當導護老師走過窗邊，尤其要唸得震天響。

漢堡的肉餡香，蔥油餅的麵香，三明治的火腿香，在一句句母語中穿梭。可是，沒人敢拿出來咀嚼。

大家都想著：「第一節下課再吃吧。」

漸漸的，熱騰騰的早餐冷卻，好聞的香味消失了。下課時想拿出來吃，只剩下一股油膩膩的氣味。

有時，我會像隻狼，三兩口囫圇吞下去；也有時，它就在書包裡，與世無爭的度過幾天。再度被人（通常是媽媽）發現時，便成了一副酸溜溜的「死」樣子。

媽媽是對的，不吃早餐會影響發育，進而降低腦力，減少國家競爭力。從今而後，我應該天天吃早餐，以免辜負師長對我的期望。

早自習過後，是升旗典禮。多巧，學務主任也諄諄訓勉大家，要吃早餐，才有精神。他還當場調查，今天早上沒吃的人舉手。全校幾乎有一半學生都舉起手來。

「等一下會吃的舉手。」

又有三分之一的人舉手。

很好，學務主任很欣慰的表示，至少全校大部分學生都知道早餐的重要，學校教育是成功的。大家要感謝老師平時的教導，以及家長的愛心。

好不容易下課了，我趕緊拿出三明治。

「張君偉，交聯絡簿、生字甲本、數習乙本，還有自然課的觀察紀錄。」組長像唸菜單似的，叫我一道道捧出料理來。

我只好將三明治放回抽屜，從書包裡找出作業。

組長翻了翻，忽然大叫：「喂，你忘了訂正。」

我把伸進抽屜準備拿三明治的手縮回來，緊張的問：「哪裡？在哪裡？」

組長扔回我的本子，一臉不耐煩：「快，我等你。討厭，害我不能吃早餐。」

咳！我們真是一對苦情兄弟。

第二節下課，我取出冷颼颼，並且塌陷不再蓬鬆柔軟的三明治，正要打開塑膠袋吃早餐時，擴音器傳來「大家來跳吧」的熱鬧音樂。

班長陳玟下令：「全班起立，男生到走廊，女生在教室，跳課間舞。跳得不像舞的人，我要記缺點一次。」

大家來跳吧，先別管餓癟癟的肚皮。

音樂結束，張志明拉著我，一口氣跑到操場：「快，去占場地，我們今天要和二班比賽投籃。」

真是！我差點忘了這件大事。昨天，二班的體育股長下戰書，誇口說他能連投五個空心球。

張志明不服氣，約好今天一較高低。

正當比賽如火如荼的進行時，上課鐘聲卻又響了。「怎麼那麼快，學校的鐘是不是壞了？」張志明的拿手絕活尚未展示，滿臉懊惱。

就是！怎麼那麼快，我連早餐都還沒吃哩。不過，我們是好學生，上課不能遲到。最重要的是，如果遲到，會被暴龍老師罰站。

第三節下課，我終於順利拿出三明治。正當我張開嘴，準備一口咬下去，暴龍老師瞪我一眼：「等會兒就要吃中飯了，你現在吃，便當還吃得下嗎？你們這些學生真奇怪，正餐不好好吃……」

為了避免老師繼續苦口叨唸，我只好吞吞口水，把三明治放回書包。

自首可以減輕刑罰。回家後，我自動向媽媽說明為什麼三明治仍然「健在」的原因。媽媽想了想，嘆口氣：「好吧，以後只好早點起床在家吃『早點』。」

為了早點起床，我必須前一晚早點睡，所以也必須早點洗澡、早點寫功課。遺憾的是，學校不會早點放學。

現在我知道「早點」這個名稱的由來了。

校長的意見：

古人說：早睡早起身體好；又說：早起的鳥兒有蟲吃。像我，四點就睡不著，起來打太極拳，很健康。

12 望機止熱

校長說學校很窮，窮到全校只有一間電腦教室，其中幾部又經常當機。三千多個學生，卻只有一間電腦教室，真是窮「斃」了。政府難道不知道這件事嗎？叫我們這些小孩怎麼「立足」於二十一世紀？也許我應該轉學到另一所富有的學校才對。

我們不是在做夢，這是真的，四部一閃一閃亮晶晶的冷氣機，已經裝在教室裡。

起初，工人在敲打教室牆壁時，我們都猜測：大概是裝擴音器。張志明更斬釘截鐵的說：「校長老了，講話聲音比較微弱，所以要改裝強力喇叭，全校才聽得見校長的報告。」

冷氣機抬進教室時，我們都傻了眼，歡天喜地嚷著：「哇！冷氣機耶。」張志明上前去檢驗貨品，又斬釘截鐵的報告：「沒錯，是冷氣機，分離式的。我早就在懷疑；你們這些傻瓜還說是喇叭。」

沒有人理他，更不想糾正他；全班都陶醉在冷氣機的喜悅

中。今後，我們可以在盛夏裡，吹著高貴的冷風，不必成天汗淋淋、臭兮兮的，也不須一下課就衝到自動販賣機買冰涼礦泉水。我們將快快樂樂上學去，去吹冷氣！

為什麼學校忽然發財了？從前，校長總是在朝會報告：「學校的經費有限，大家要共體時艱；水龍頭不可以開太大，下課時要關燈。這樣才能節省水電費。」

通常，我們只注意到「共體時艱」這句話，因為這是校長的口頭禪。下雨天不准撐傘、必須穿雨衣是「共體時艱」；操場不夠大，所以不准玩棒球也是「共體時艱」。反正，只要「不准」的規定，原因就是「共體時艱」。張志明忍不住問：「『共體時艱』不能玩，到底什麼時間才准玩？」

楊大宏推推眼鏡：「去查字典。」

現在校長居然一口氣裝四部冷氣，學校難道有意外之財？

「這是教育局送給學校的；我們教室靠近馬路，噪音大，不得不加隔音牆和隔音窗。窗子關上以後，空氣不流通，所以裝冷氣。」老師的臉上一絲喜悅都沒有，太鎮定了，不愧是暴龍老師。他又規定：「不准亂動冷氣機，一有損壞，照價賠償。」

誰會破壞心愛的冷氣機呢？老師真絕。

有了冷氣，再熱的高溫也不怕。可是老師說，攝氏二十八度以上才可以打開，以免浪費。所以，我們一個個都成了關心氣象報告的好國民，每日到校，先交換情報：「今天二十到二十七度。」「討厭，怎麼不是八十度呢？」

自從裝了冷氣機，大家變得敦親睦鄰、友愛萬分，沒事就互相問候：「你熱不熱？」「還好。」「真的？真的不熱？」

連颳颱風那天，張志明也體貼的問音樂老師：「您會不會熱？有冷氣喔。」

我們一直盼望冷氣機能早日開動，正式營業。

但是，不幸的消息又傳來了。朝會時，校長的「共體時艱」再度響起。他沉重的說：「同學們，現在有一些教室裝了冷氣，這是教育局規定的。」

校長的口氣，聽起來很無奈，「但是教育局只給我們冷氣機，卻沒有附送水電費。大家都知道，冷氣電費很嚇人，像去年校長家只開幾天，電費

就花了一萬元。」

學生都「哇」的驚呼起來。

「學校那麼窮，怎麼可能付冷氣電費？錢又不會從天上掉下來。而且你們平時把水龍頭開得太大，下課又忘了關燈……」

總之，結論就是：「大家要共體時艱。不是校長不給你們吹冷氣，是我們付不起電費呀。」

校長還做了一個仰天長嘆的表情。

全班垂頭喪氣的走回教室。想到高貴的冷風，將只能成為我們的夢，大家都提不起勁來，同時還覺得今天天氣特別熱、特別悶。

暴龍老師用「我早就知道」的冷漠表情，再度叮嚀：「教室裝冷氣，我們就得負責保養。以後，值日生要每天擦，免得沾灰塵。不准用溼抹布，會生鏽……」

唉，真倒楣，沒事裝什麼冷氣機。

天氣漸漸熱了，隔音窗關著，教室成了大烤爐。暴龍老師問大家：「你們要高溫，還是要噪音？」

如果可能，我不要高溫也不要噪音。

窗子打開，涼風和路上的各式噪音飄進來；窗子關上，教室內是安寧和一屋子悶臭。關與不關，真是本班的人生難題。

終於，在攝氏三十度的那個下午，老師不得不開動冷氣。公車的引擎聲太響了，把老師講解數學的聲音淹沒，而全班四十個人有四十一隻手在搧風（張志明左右手各拿一塊墊板）。

「好吧，把冷氣打開，否則我的聲帶要斷啦。」

涼風吹拂，我們多幸福啊，下課了也捨不得離開教室。可惜老師指示：「上課才開，節約用電。」

校長還特地到我們教室來慰問：「天氣熱，太委屈你們了。不過大家要共體時艱，一看到車子不多、噪音不大，就開窗，不必開冷氣。要知道，吃得苦中苦，方為人上人，這是磨練自己的最好機會。」

為了共體時艱，我們不得不豎起耳朵，時時注意公車有沒有經過我們窗前，以便決定開窗或開冷氣。老師還為此特別設立一位「冷氣股長」，由班長陳玟兼任。

我們不是在做夢，這是真的。又一部一閃一閃亮晶晶的電視，抬進我

們教室了。但是，這一次，全班不再歡天喜地驚呼。

張志明走上前去鑑定貨品：「沒錯，是電視。」想了想，他又說：「可不可以先把『電費』送來？」

教育局官員的意見：

有關水電費的問題，我的意見是：請中央政府多補助，因為教育局也很窮。

13 絕不外借

有些老師請假，學生會熱烈歡呼；有些老師請假，學生會唉聲嘆氣。如果想知道受不受學生歡迎，從他們對老師請假的反應就能知道。我想每個老師都會希望聽到學生說：

「您怎麼能請假？好捨不得喔。」

「趙老師，求求您，千萬不要請假呀！」全班用哀戚的語調向美勞老師懇求。

無情的趙老師回答：「有沒有搞錯？我要結婚耶，不請假怎麼行！你們希望我單身一輩子嗎？」

張志明立刻接口：「沒關係，我不會嫌棄您。」

「喂喂，五年一班的同學，為什麼我不能請婚假？」趙老師一臉茫然。

班長陳玟只好宣布答案：

「您請假，就會由級任老師代課。」

張志明接著補充：

「而且他每節都上數學。」

趙老師驚訝的說：「現在

還有這樣的老師啊？」

張志明用「到現在你才知道」的哀怨口氣訴苦：「就是嘛，從天亮教到天黑，講得口沫橫飛……」居然還有押韻，可見他早就滿腹苦水。

趙老師卻連連搖頭：「這樣的老師真該頒獎。想想看，他放棄休息時間，為全班加強數學。數學多難教啊，我一想起『容積、速率』這些數學名稱就頭大。」

「我也是！」張志明興奮大喊。

所以，趙老師豈可跑去結婚，自己過著幸福快樂的日子，卻丟下我們在水深火熱的數學難題中苦惱呢？

儘管我們不斷對老師「曉以大義」，甚至發誓今後美勞課會「很有創意」，但是，老師仍然決定：「婚，我一定要結；課，你們自己去爭取。」

其實，我們並不願破壞老師的喜事；只不過，一旦讓暴龍老師代課，他就會抱著數學課本不放。在他眼中，全天下最有用的東西就是數學。

「數學好，其他科目也不會差到哪裡去。數學可以訓練推理、組織、計算等能力。如果數學差，將來連鈔票都不會算。」暴龍老師鐵口直斷。

為了確保全班將來都會數鈔票，只要有科任老師請假，他代

課時就改上數學。

上一次，體育老師去開會，我們期待一星期的游泳課，結果是在教室計算「游泳池容積」。下課時，我們趴在窗口看隔壁班擰著溼髮走過，心裡有說不出的痛。

媽媽還讚許：「老師真辛苦，平常我教你教得幾乎想跳樓，他還有耐性額外補課。」

楊大宏也說，他的媽媽用電子計算機來告誡他：「老師免費替全班補數學，在外面得花多少補習費呢。」

從這件事可以得知，大人就是大人，兒童就是兒童，總之就是不同。

月考前，暴龍老師「望子成龍，望女成鳳」，有時會向藝能科老師借課，希望訓練我們這些弟子一個個出類拔萃，成績斐然，尤其是數學。

「班長，去請問音樂老師，可不可以借課？數學進度有些落後。」此話一出，全班都低頭默禱，希望音樂老師「很有骨氣」的拒絕：「不！音樂課也有些落後。」

然而，班長帶回來的答案是：「音樂老師說可以，還問明天的課要不要順便一起借？」

體育老師更狠，主動表示：「歡迎外借。」

「這怎麼行？我們得先下手為強。」張志明發起「撒嬌運動」，要大家向科任老師甜言蜜語，表明我們是多麼熱愛科任課，少上一節，就等於身上少了一塊肉。

趙老師回答：「你們正需要少塊肉，都太胖啦。」

體育老師則瞪楊大宏一眼：「你既然愛上體育課，為什麼

每次都忘了帶泳褲？」

唉，這是楊大宏心中的傷痕；他嫌自己太瘦，「裸照」不夠美觀，因此不願輕易脫衣下水。有同樣傷痕的還有范彬，他覺得自己脫了衣，挺像一種家畜。

老師的苦心，我們懂。我們的苦惱，老師不懂。最難過的是，老師借科任課也就罷了，有時，他連「下課」都借。

鐘聲響了，老師死守著黑板，堅決不投降。他說：「借我一分鐘，把這道題解完再下課。」

我們看著時鐘，秒針飛快旋轉著，一分鐘、兩分鐘……走

廊傳來喧譁聲，老師說：「吵死了，關窗戶。」

就這樣，把「下課」借走了，而且不還。

有一次，楊大宏鼓起勇氣舉手：「老師，下課了，您應該休息。」

暴龍老師大吼一句：「只知道玩！老師義務幫你們解答難題，你們居然不識好人心。」

張志明也舉手：「老師，我要上廁所。」

只有他成功的離開教室。

這次趙老師請婚假，據說要兩星期才回來。我們真擔心由暴龍老師代課的日子。

要上美勞課了，暴龍老師還「賴」在教室不走。我和楊大宏試探的問：「老師，要不要幫您搬習作到辦公室？」

「不必，下節我要代課。」暴龍老師面無表情。

我們嘆了一口氣，腳步沉重的走回座位。楊大宏說：「我看，這兩星期都不必上美勞了。」

張志明卻開心的說：「早就被我料中。嘿嘿，美勞用具我都沒帶，反正用不到。」

上課了，我正想把數學課本拿出來，卻看見暴龍老師往外走。臨走前，他警告大家：「我到隔壁班代課，美勞課會有代課老師來上，安分點。」

比上數學更悲慘的事終於發生了。代課老師首先檢查美勞用具，發現全班一半的學生沒有帶，所以，他罰沒帶用具的人抄課文。至於有帶用具的，代課老師說：「隨便你們做什麼。」

於是，許多人拿出數學習作來寫——包括我。沒辦法，考試快到了。

美勞課的意見：

好好玩，把我們當錢借來借去，不知道還的時候要不要加利息？不過，我不是人，不能有意見。我不想借的時候也不能拒絕，身為「美勞課」真是命苦。下輩子我要投胎當「數學課」。

14 歡迎光臨

學校辦理「城鄉交流」，一定是去找比較有錢的學校參觀吧。要不然，臭氣沖天的廁所、小得可憐的操場、一堆破爛書刊的圖書室，有什麼好參觀交流？如果看到別人的學校比自己的好，學生會不會自卑？

每當學校舉行大掃除，就表示有重要的客人要來參觀，這是我就學五年來的經驗，很靈。

果然，大掃除結束後，校長透過廣播，告訴全校：「下星期將有一批小客人到本校城鄉交流，身為主人，請大家要好好表現。」

暴龍老師解釋：「臺東鄉下的小學生要到本校來，體驗都市生活，這就是『城鄉交流』。」接著，他還徵求「接待家庭」，每一戶招待一位遠方來的客人，以便讓東部孩子感受臺北地區的生活。

「必須經過家長同意才行。」老師規定。

班長陳玟立刻舉手：「我媽媽十分好客，我願意負責接待貴賓，還會在家插滿鮮花。」

如果可能，說不定她還想在家鳴放禮炮哩。真是的，又不是接待外國元首，陳玟就是會小題大作。

張志明也舉手，不過，老師婉轉的說明：「你不是說你媽媽現在改賣水果，很忙嗎？」張志明想了想，點點頭，「也對，我們家的水果就是從臺東來的，他們大概沒興趣參觀。」

除了接待家庭，本班還負責一項重要使命：和客人一起上一節課。暴龍老師問大家：「你們覺得上什麼好，可以讓客人印象深刻？」

大家一起回答：「同樂會。」

暴龍老師敲敲桌子：「上電腦課吧。」

陳玟提醒老師：「可是電腦教室有五部電腦會當機，三部送去檢修，兩部中毒。」

老師皺起眉頭：「為了讓客人參觀，總務處會馬上修好的，放心。總不能叫人家大老遠跑來，卻和我們一起唸課文、算數學吧。」

全班一致同意，電腦課有水準、高格調，比較具有「都市」的氣派。

第二天，陳玟拿著家長同意書，熱情萬分的報告：「我媽媽說，非常榮幸擔任接待家庭。她今天要在家大掃除，還要上超市購買雞塊、

薯條、冰淇淋……」

張志明忍不住插嘴：「需不需要我去當陪客？我會讓客人賓至如歸。」

真沒想到張志明竟會出口成章，應用了昨天教的成語；雖塊的力量多大啊。

老師欣慰的點頭：「大家向陳玟的媽媽致謝。」又轉頭警告張志明，「你可別作怪，破壞本校名譽。」

客人來的那一天，我們五年級負責在校門口迎接貴賓。大家都興奮得很，熱切期盼遠從臺東來的嘉賓。范彬還不停問我：「不曉得他們長什麼樣子？」

「他們也是五年級學生，又不是外星人。」

來了，來了。聽見前面響起掌聲，我們也跟著用力拍手。不過，進來的是校長。他向大家報告：「因為塞車，客人會遲到一小時。」

陳玟立刻接話說：「塞車是臺北的最大特色，客人沒有錯過，真是太好了。」又說：「本來我還想帶接待的客人到火車站去參觀『塞車』的。」

暴龍老師建議：「最好參觀本市進步文明的一面。比如：捷運、博物館、百貨公司。」

陳玟點頭：「我媽媽已經安排好了，都會去，也會去咖啡館喝下午茶喔。」

終於，客人到達了。果然沒錯，和我們長得一模一樣，只有幾個皮膚比較黑。他們害羞的和我們握手，還送一樣小禮物給握手的人。所以，沒握到的人都氣得要命。

我很幸運，搶到一位客人，握著他的手不放。他笑著對我說：「請多指教。」然後遞禮物給我。這時我才想到我忘了說「歡迎光臨」。剛才校長特別交代的。

首先，大家到活動中心參觀低年級的「迎賓舞」，以及節奏樂隊的表演。為了表示歡迎，他們演奏的是節奏歡快的〈快樂頌〉。

校長發表了一篇熱烈的歡迎詞，對方的校長也回應一篇熱烈的感謝詞。他們好像在比賽誰比較會講話，緊抓著麥克風不放。不過，我們並不在乎，因為活動中心難得開冷氣，坐著休息挺舒服的。

輪到本班表演了。我們帶著客人進入電腦教室——當然也是開著冷氣。暴龍老師面帶微笑，請全班示範如何開機、打字、玩遊戲。和我同一組的客人問我：「這個CPU是幾核心的？」（注）

「四核心。」

「啊？我們學校早就改成八核，而且每人一部。」客人說完，還順便教我如何調整音量、

畫面明暗。同時，他也慷慨的傳授幾招電腦遊戲的破關祕訣，他說：「我們在學校常常玩，都膩了。」

我抬頭左右瞧瞧，只見大部分的客人都在忙著操作電腦鍵盤，一副熟練的模樣。而主人，則傻傻的坐在一邊看。因為全校只有一間電腦教室，我們兩週才上一次，有些人根本就不太會使用呢。有「城鄉交流」真不錯，客人講解得挺詳細。

我們還舉辦一場籃球賽，儘管暴龍老師哨子吹得很響，但是本班還是敗得很慘。

下午，客人們參觀學校圖書館、專科教室、教材園。放學時，接待家庭帶著小客人回家，校長還一再叮嚀：「好好招待，學習做一位盡責的主人。」

張志明悄悄告訴我：「有的客人穿名牌球鞋哩。臺東是不是有錢人住的地方啊？」

「城鄉交流」圓滿的結束了。客人回去後，陳玟報告她的接待心得：「客人說，我媽媽炸的雞塊和麥當勞的一樣好吃，她在臺東常常吃。還有，她說，他們的學校操場很大，花很多；我們學校圖書館很大，學生很多。」

總之，她的結論是：「我媽媽說，鄉下好。」

注：CPU是指中央處理器，是電腦主機的主要裝置之一。

臺東家長的意見：

「城鄉交流」活動很有意義，可以讓我的小孩看看都市生活，以後長大才不會統統跑到都市去。我只有一個意見：希望以後辦這種活動時，不要一直請小孩吃炸雞。我們鄉下自己有養土雞，比較好吃。

15 被壓矮了

聽說有人秤過小學生的書包，得到一個不可思議的重量。從前的人，只用一塊布巾，包幾本薄薄的書上學，多輕鬆啊，還可以一邊追麻雀、追小狗玩呢。如果遇到壞人，或不想見的人，也可以逃得比較快。

超級星期二來了！我一邊整理書包，一邊搖頭嘆氣。

「媽，有沒有大一點的手提袋？」

「多大？」

「嗯……」我看著功課表，國體美音自自社，天哪，我可能需要用爸爸出國帶的行李箱。

我一一清點給媽媽聽：「明天要帶泳衣、蛙鏡、大毛巾、拖鞋、彩色筆、直笛、水族箱……」

媽媽找出她逛百貨公司用的大背包，遞給我：「氣象報告說明天有雷陣雨，別忘了雨衣。」

我只好再喊一句：「天哪！」

媽媽覺得奇怪：「彩色筆不能放在學校嗎？每天帶來帶去，多累呀。」

我也有同感。但是，放哪裡呢？

「教室應該有櫃子吧？常用的物品放在櫃子，就不用背來背去，又不是參加舉重訓練。」媽媽滿臉「真不敢相信你這麼笨」的表情。

我也用「我當然不笨」的表情辯白：「教室的櫃子，已經破舊不堪，有些門還卡住打不開。老師說，櫃子又髒又爛，正想請工友伯伯全部敲掉哩。」

「放抽屜總可以吧？」

我的抽屜裡有一盒面紙、各種作業簿，以及美勞課發的材料、幾天來沒吃完的三明治、準備要丟卻老是忘了丟的衛生紙、養樂多空瓶、來路不明的石頭……唉，已經擠得滿滿，連一絲空氣都難以進入啦。

「整潔習慣那麼差，絲毫沒有我的良好遺傳。」媽媽每次都以這句話做結論。接下來則一定是：「會整理抽屜的孩子不會變壞，請從你的抽屜開始新生活好嗎？」

媽媽應該去我們教室參觀，張志明的抽屜才叫世界奇觀哩。不過，媽媽會說：「你怎麼不跟陳玟比？」

總之，星期二早晨，我背上背著書包，右肩掛著水壺，左手提袋子，右手抓雨衣，像個搬家公司的工人，從家裡出發。下午，除了水壺是空的，其他則保持原貌，再將所有的物件全數搬回家。

我在半路上遇見楊大宏，兩人互相比較誰的袋子重。我哇哇叫苦：「胳臂幾乎要折斷了。」他卻冷哼一聲：「不必誇張，我的袋子才是全校第一重。」

我想了想，也對，楊大宏天天都帶百科全書上學。

我試著去提他的袋子。哎喲，難道裡頭有銅塊還是鐵塊？又矮又瘦的楊大宏還說：「男子漢說不重就不重。」

遠遠看到張志明身手矯健、腳步輕盈的走過來，我和楊大宏異口同聲：「你怎麼兩手空空？」

他卻覺得奇怪：「你們約好離家出走嗎？」

「你沒帶泳衣、大毛巾、彩色筆、水族箱嗎？」我問。

「嘻嘻，我有帶便當。」

體育課，張志明沒帶泳具，老師要他在旁休息。

美勞課，趙老師借給他彩色筆，結果他的顏色最多，很多人還得向他借。

只有自然課，他受到老師嚴厲的懲罰，抄課文。

「每次都不帶用具，下次別連腦袋也忘了帶。」老師嚴肅的警告他。

張志明卻小聲說：「把腦袋留在家裡看電視多好。」

楊大宏的媽媽大概忍不住了，在聯絡簿上建議：「可否一天只上一種課？書包實在超重。」

據楊媽媽說，她已經燉過好幾帖「脫胎換骨」中藥給楊大宏吃，但是仍然無效，沒有長高，甚至比上學期還矮零點五公分。所以，楊媽媽覺得，他是被書包壓矮的。

一天當然不能只上一科，不過，暴龍老師決定，開放又髒又爛的櫃子給大家使用，暫緩拆除。

老師分配給我的櫃子，門卡得緊緊的，張志明自願幫我「爆破」。他打算用一個漂亮的後踢，把門踢破，博得女生喝采。女生果然都高聲喝采，因為門雖然破了，可是他的褲子也破了。

媽媽知道老師的英明決策後，很欣慰的說：「我們來擬一張表，把該留在學校的物品寫出來，以後你就不必天天像蝸牛一樣，背著房子走路。」

根據媽媽的想法，總共有五十件東西應該放在教室。從跳繩、羽球拍，到襪子、肥皂、大毛巾等等。「除了空便當盒和水壺，什麼都不該帶回家。」這是楊媽

媽的意見。她覺得，滿街都是彎腰駝背的小學生，會被外國人批評，損害國家名譽。

班長陳玟卻說：「書包重嗎？我怎麼沒感覺。」

她當然沒感覺，她爸爸每天開車載她上學。

為了慶祝櫃子開始啟用，我把書包裡的雜物統統塞進去，書包一下子輕了不少。

張志明的櫃子也很「飽滿」。我仔細瞧，計有乾掉的水彩、分不出是手帕還是抹布的一塊布，以及四年級的聯絡簿。

「四年級的本子，你還珍藏著？」我有些好奇。

張志明自己也很好奇，拿出來看了又看：「我去年找了半天，原來一直放在書包裡。」於是，他又從書包裡找出去年的數學習作和音樂課本。

「難怪我的書包一年比一年重。」

可惜，自從楊大宏發現他的櫃子裡有老鼠屎以後，楊媽媽就決定，寧可讓他長不高，也要把所有東西背回家。

楊媽媽說：「如果被傳染上鼠疫，還得了！」

楊大宏媽媽的意見：

這是我忽然想到的補充意見：每間教室應該放一臺冰箱，我替大宏調配的「消暑去火解毒養氣水」，必須冰起來喝才不會壞。

16 陽光空氣水

我們家才四個人，便花了一萬多元裝淨水器。媽媽說自來水不過濾她不敢喝。學校那麼多人，豈不是得花一大筆錢才能裝淨水器？我很擔心，學校太窮，所以飲用水根本沒有過濾，我們每天喝一堆桿菌「進補」。我想，如果要活下去，我還是自己背水壺上學吧。

這是自然老師教我們的：地球上所有的生物都需要陽光、空氣和水，缺一項就活不成。

「為什麼每天要喝八大杯開水？因為要好好活下去啊。」老師語氣沉重的告誡大家。

幸好我沒有誕生在沙漠裡。為了好好活下去，一下課，我趕緊倒杯水喝。

張志明氣喘吁吁的跑過來：「拜託，送我一杯。」

「拜託，天氣很熱，我等會兒還要喝。」不是我小氣，這壺開水我昨天放在冰箱冰鎮一夜，哪捨得送人。

張志明轉向楊大宏求救：「借我一杯。」

「我媽媽有泡中藥在裡面，你敢喝？」楊大宏問。

這招果然見效。張志明只能再問范彬：「給我點水吧，范大爺。」

范彬抱緊水壺：「自己去買。」

張志明抹去額頭的汗，抗議：「見死不救，算什麼朋友。」

最後，他寫了一張借據，向班長陳玟借了五十CC。陳玟的杯子有刻度，量得很精準。

其實，樓梯轉角就有一部飲水機，只不過，它比較像盆栽，是走廊的裝飾品。

最早，我們也曾歪著頭，喝飲水機的水。楊大宏卻鄭重警告大家：「這機器不知道有沒有定期維修，更換濾心，你們敢

喝嗎？」他指指飲水機旁的一張卡片，上面是更換濾心的日期紀錄。由於字跡被水漬弄得模糊不清，大家都猜不出來寫的是哪年哪月。

楊大宏本來想裝一杯，寄給消費者基金會檢查，讓全國人民知道：小學生喝的是什麼水。不過，他怕有記者來採訪，便打消念頭。

「我對著麥克風說話會口吃。」這是楊大宏最沉痛的祕密。同時，他也表示不想害學校被告。

「學校很窮，

沒有錢換濾心，這是不得已的。」校長除了「共體時艱」，還有另外一句口頭禪，就是「學校很窮」這句話，全校師生都會背，不論講什麼都可以應用，像「照樣造句」，簡直就是本校校訓。

忽然有一天，學校不窮了，每層樓都裝設一部豪華的「中央系統飲水設備」。校長激動的在朝會上報告，這種設備非常進步，它會自動消毒，可以生飲，從此以後，全校師生都不必再帶水壺上學了。

「但是，如果有人不守規矩，破壞設備，大家就沒水喝了。」校長繼續循循善誘，「要知道，學校很窮，廁所壞了要修，天花板壞了也要修。所以，新的飲水器千萬不能壞，學校很窮……」

楊大宏帶領我們去考察新設備。首先，他摸摸飲水器，點點頭：「不鏽鋼，很好。」這意思是說，我們不會喝到鐵鏽。他又裝了一杯，淺酌一口：「嗯，有水的味道。」這意思是說，飲水器流出來的不是可樂。

張志明也試喝一口：「哇，有怪味，油油的。」

楊大宏以專家的眼神瞪他一眼：「新機器，當然有機器的味道。」然後，他指示我們，過三天再飲用，等含有機器味道的水流完，就有乾淨的水可喝了。

天氣越來越熱，我們對新飲水器充滿期待；每天背著水壺上學，多累呀。

「天哪，這裡怎麼會有墨汁呢？」陳玟在飲水器旁大叫一聲。

不知道是誰，居然把飲水器當洗

手臺，用來洗毛筆。暴龍老師立刻向學務處報告，希望早日抓到謀害飲水器的「凶手」。

第二天，主任在朝會上宣布：「飲水器只能喝，不能泡麵泡茶，不能澆花洗手，不能洗調色盤水彩筆……」我開始覺得剛才喝下去的水，在肚子裡變成黑色，變成紅色，變成藍色，可怕極了。

學務主任遵照本校傳統，用校訓作為結論：「大家都知道，學校很窮。如果有人在飲水器洗水彩筆，過濾系統被破壞，是沒有錢可以修的。你們敢喝洗筆水嗎？」

接著又說：「學校花錢替大家裝飲水器，大家應該知福惜福，絕不浪費。」最後指揮全校唱一遍〈感恩的心〉才解散。

本校學生真的很懂事，從此以後，飲水器再也沒有各色顏料了。我們都彎腰仰頭喝水，過著充滿陽光、空氣和水的幸福人生。

只可惜好花不常開，好水不常在。張志明有一天發現，飲水器的水裡有一些可疑的浮游物。

楊大宏推推眼鏡，仔細的觀察這杯水，然後拿去向暴龍老師檢舉。

結果證實，因為學校水管老舊，因此影響水質。如果要整修水管，不但得花大筆錢，可能還必須將教室地板挖開。校長在朝會上無限哀痛的表示：「沒想到，換了新的飲水設備，卻仍舊沒有乾淨的水喝。」

「要知道，學校很窮，裝飲水器已經花了不少錢。只好等

到下個年度，再編預算修水管。」

校長再度懇切叮嚀：「同學們，請多多飲用媽媽為你煮的開水，從家裡帶『愛心水』來喝。」

於是，好不容易擺脫掉加了中藥開水的楊大宏，再度每天皺眉喝下楊媽媽精心調配的「消暑去火解毒養氣水」。而老是忘了帶水壺的張志明，已經積欠陳玟一水庫的開水了。

水的意見：

從遠古到現代，就你們這一代意見最多，以前的人喝再多水也不怕。我還是原來的我，是你們自己加進不該有的東西。氣死我了，我也需要喝「消暑去火水」。

17 雨水打在臉上

外國電影裡的雨衣，是帽子和衣服分開；帽子寬寬的，頭才不容易被淋溼。奇怪的是，臺灣什麼東西都有仿冒品，就是這種雨衣沒有。現在的雨衣，將頭包得緊緊的，雨滴卻沿著帽子流到臉上，好像在印證一首英文歌詞：「雨水不斷打在我頭上。」

快放學時，忽然雷聲霹靂，接著下起大雨。

大雨洗去塵埃，萬物煥然一新；這是書上的佳句摘錄。書上倒沒說，忘了帶雨具，該用什麼句子形容。

全班只有五個人沒有攜帶雨具，被暴龍老師痛斥：「沒看氣象報告嗎？」

張志明回答：「我以為氣象預測都是騙人的。」

「張先生，你等一下連內衣都會淋溼，我不騙你。」暴龍老師面無表情的預測。

可是張志明勇者無懼，嘻嘻笑著：「我哪有穿內衣呀，多麻煩。」

溼淋淋的走廊，不時有雨打進來，但是暴龍老師的學生是不可能被雨打敗的。儘管穿著雨衣，老師仍然要求路隊呈直線排列，因此每個人雨衣的尺寸最好要合身。

臺灣賣的雨衣實在是世界上最奇怪的發明，我想不通這種連身帽的設計怎麼能擋雨？在雨中，我們都做了一次免費的臉部清洗，包括前額的頭髮。楊大宏更是忿恨：「這種酸雨會侵蝕我的眼鏡。」

據說，他的鏡框是用一種很貴的金屬製造的，鏡片則是用很貴的材料磨成的，連鏡框上的螺絲釘都是進口品。每次楊大宏脫下雨衣，第一件事就是趕快去沖洗眼鏡。

我脫下雨衣，第一件事則是找塑膠袋。老師規定，不准將雨衣掛在教室，以免弄溼地板，又妨礙教室美觀。所以，只能裝進塑膠袋裡，再收進抽屜。

媽媽覺得這是暴龍老師唯一的缺點。她說：「溼答答的雨衣塞進袋子，放學時還是溼答答的，怎麼穿？」

媽媽哪裡明白，教室整潔是多麼重要，能不能得到生活競賽冠軍，關鍵就在雨衣。隔壁班把雨衣掛在窗臺，簡直醜得不像話，難怪從來沒領過優勝錦旗。

這些人生智慧，都是暴龍老師傳授的。而且，教室本來就沒有設計雨衣掛鉤，意思就是別想掛在教室裡。

我並不在乎穿著裡外都溼的雨衣，只是覺得，既然如此，乾脆不必穿，省事。

不過，每逢下雨天，學務主任一定告誡：

「不准淋雨，以免感冒。」沒穿雨衣的人，還會被罰站。

張志明從來不穿雨衣，他習慣用書包擋著頭；有時，用垃圾袋包住頭就走進雨中。他說：「雨衣不是印著小飛俠就是美少女，太幼稚了。」

也有的雨衣什麼都沒印，他又覺得像一塊塑膠布。

雨實在下得太大的時候，張志明便會帶傘來上學。他打開傘，向大家介紹：「這是我媽媽在國外買的，晴天防紫外線，雨天防水。」

大家看到都讚賞，直說：「畢竟是外國貨。」

范彬也說：「這種圖案，我在臺灣

沒見過哩。」

「你這輩子只去過動物園，能見到什麼？」班長陳玟最擅長「掃興」。她還教育張志明，「愛用國貨才是愛國的表現。」

張志明很帥的回答：「放心，這把傘可能就是臺灣製的，因為我媽媽是在國外的地攤上買的，很便宜。」

拿傘和穿雨衣是多麼不同。撐起傘，派頭多大！穿雨衣簡直孩子氣。

於是我和楊大宏都決定，正式告別黃色小飛俠雨衣。明天起，我們帶傘，而且必須是黑色的、自動的，一按鈕就彈開，十足紳士風格。

我一手撐傘，一手提袋子，在雨中瀟灑漫步。看著那些穿雨衣的小孩，站在雨中等候過馬路，模樣真是傻得可以。高舉著雨傘，讓我覺得自己也高高在上。

遠遠的，另一把高貴的黑傘朝我走過來。因為雙手沒空打招呼，所以，楊大宏只能口述心得：「我的眼鏡不會淋溼了。」

我們並肩走著，兩把傘在空中不時碰撞。楊大宏說：「小心，你傘上的雨滴到我頭上啦。」我也提醒他：「別鉤到我的頭髮。」

撐傘雖然方便，但是也不方便。我走路要時不時注意前後左右，千萬不能打到無辜路人。然後，我又發現，撐傘的手臂可真痠哪！

總算左閃右躲，到達學校了。一路上慘遭我的傘襲擊的，總計有兩個大人，三個小孩，一根電線桿。有一個大人還告訴我：「年滿十八歲才能撐傘喔。」

這是什麼道理！我才不相信。楊大宏也說：「不會吧，法律有規定嗎？我今天回家查百科全書。」

沒想到暴龍老師一進教室，開口第一句也是：「最近不少同學私自帶傘上學，違反校規，要罰寫課文五遍。」

我看看楊大宏，眨眨眼，意思是要他起來問：「為什麼有這種規定？」

楊大宏點點頭，果然舉手了。不過，他是問老師：「要不要加注音？」

還好暴龍老師補充說明：「學校學生眾多，要是每個人都撐傘，容易刺傷別人。」他還以身作則示範，「我也都穿雨衣呀。」

老師騎摩托車，當然不能撐傘。但是，學校的規定也合理；我和楊大宏默默的把傘收進抽屜，拿出國語課本。

唉，只能怪天氣不合理，上下學時間下什麼雨！

天氣的意見：

你們這些「人」太奇怪了，這件事跟我一點關係都沒有。如果要我發表意見，我只能說：「如果真的很困擾，可以搬到一個沒有雨的地方住。」

18 大聲講

老師每天從早講到晚，喉嚨一定容易受傷，難怪要泡中藥茶來保護聲帶；也難怪要用小型麥克風講課，減輕負擔。話說回來，老師可以少講些話啊，學生也很有說話天分的。

　　自從暴龍老師添購了新道具，他的嘴巴便一直保持在營業狀態，不打烊休息。

　　這件無敵武器就是「無線式迷你攜帶型麥克風」；老師模仿偶像歌星，把麥克風像耳機般掛在頭上，然後打開繫在腰間的喇叭開關，於是，暴龍吼聲威震四方。

　　這一定是隔壁班老師傳授的祕密武器。平時，我們總能對隔壁班的行動瞭如指掌，因為，二班的老師就是使用這種超強武器。不論她說什麼，透過麥克風，我們都能聽得一清二楚。

　　最早，我們在一個安靜的早自習時間，忽然聽到一句：「把教室紙屑撿乾淨。」於是，每個人都嚇得趕快低頭檢查座位整潔。

但是，這明明不是暴龍老師的聲音。

課間操時間，又聽到：「手舉高，別像個老太婆。」於是，我們也連忙把手舉高舉直。

張志明去偵測敵情，然後告訴我們：「是五年二班的黃老師啦，她用麥克風講話，難怪音量特別大。」

楊大宏推了推眼鏡：「這可不行，百科全書上說，八十分貝就有可能殺死老鼠；黃老師的音量，起碼有七十分貝，可以殺蟑螂了。」

午間靜息，大家臉朝右趴在桌上午睡——這是暴龍老師規定的方向，正要入眠時，忽然隔壁又有魔音響起：「怎麼還不睡！」於是，全班統統被驚醒。

沒想到，暴龍老師也戴起麥克風上課。本來，他的聲音就已經足以殺死全班瞌睡蟲，現在，加上麥克風的威力，這一整排教室大概再也沒人打瞌睡了。

下課時，二班體育股長過來聊天，他笑張志明：「剛才，我數了一下，你一共被老師罵了六次，六六大順。」

張志明也回一句：「我也知道，你忘記帶聯絡簿，被老師罰抄課文。」

這自然要感謝兩位老師的麥克風，為我們做實況轉播。

有了麥克風，老師說話不必費力氣，就能嗓音雄厚；因此，暴龍

老師越來越捨不得閉嘴，麥克風經常開著。反正，這種科技產品很便利，隨時充電，隨時使用。

奇怪的是，我們講話時好像也跟著增加音量。可能是受到麥克風的影響，讓大家不自覺的提高嗓門；而因為我們的聲音越來越大，老師麥克風的音量也越調越大。

難怪現在老是覺得口渴。

楊大宏說：「使用科技產品，是時代趨勢；但是，我們不能不注意文明帶來的禍害。」

「不要一天到晚引用百科全書的話，太深奧啦，不適合我們收聽。」張志明扯開喉嚨大叫。

我摀住耳朵：「拜託小聲點。」

「小聲點哪聽得見？」他又再叫一句。

全校老師幾乎都有這種設備，大概跟賽車選手要有賽車的

道理一樣。

張志明開始覺得：「其實上課並不無聊嘛，可以聽聽四面八方的老師在罵誰。」

根據他精闢的研究，得到一個驚人結論：「其實，暴龍老師太靠近麥克風了。」據他表示，三班的老師嘴脣和麥克風之間，至少有兩個拳頭的距離，而暴龍老師，只有一個拳頭，顯然太近。

「為什麼我們沒聽過三班老師罵人？因為她離麥克風遠，聲音傳不過來。」張志明自問自答。

然後，他哀怨的說：「三班真好，被老師罵的人都能保住名聲，不會傳出去。」

這倒是真的。每當我聽見二班老師尖銳的嗓音時，儘管有

一道厚厚的牆壁擋著，但是仍不自覺緊張起來，好像她罵的是我，因為聽得太清楚了。

開慶生會那一天，本來全班都很開心。張志明擔任主持人，主要的任務是耍寶。當他準備學猴子跳扭扭舞時，忽然傳來一句：「全班起立。」

大家都嚇得不敢動。

二班老師又發威了！從她高十六度的嗓音可以知道，這一次，恐怕二班學生會被罵得很慘烈。

果然，她從某位學生的座位底下有紙屑開始談起，再罵到垃圾桶、粉筆槽、蒸飯箱有異味。話題一轉，又想起上週有七個人忘了交作文簿，昨天五個人沒寫讀書心得。從她的用詞：「沒榮譽心、不負責任、無藥可救……」可以想像她咬牙切齒的模樣。

音響裡播放著輕鬆歌曲，卻夾雜二班老師斥罵的聲音，這種合音未免太可怕了。張志明尷尬的說：「還是請楊大宏先來猜謎語好了。」

楊大宏正在聽二班的罪行，聽得如痴如醉哩。他心不在焉的走上講臺出題。可是他的音量太小，被二班老師的無敵麥克風掩蓋住，沒人聽見題目。

這樣還能歡樂下去嗎？

暴龍老師指示：「把門窗關起來吧。」

我們總算不必「陪罵」。

說也奇怪，暴龍老師把麥克風收起來，又開始用原音講課了。也許，他是受到二班老師的啟示。

張志明說：「下次開同樂會時，我要向老師借麥克風，表演舞曲。」他又補充，「我會距離兩個拳頭的。隔壁班想免費欣賞，別想！」

楊大宏媽媽的意見：

我說完這個意見，就真的不再說了。我認為這個問題很容易解決，就是教室裝設隔音設備，像我們家一樣。我不是怕罵孩子的聲音被鄰居聽到啦，請別誤會，謝謝。

19 占領廣播室

有時候，小孩的意見，當然是不成熟的。但是不說出來，就會在心裡「腐爛」。如果大人能抽空聽聽，或許也能聽到幾句「熟話」——是那種不久以前，自己也說過的熟悉的話。

救救我們吧，本來班長陳玟的魔音只在教室和走廊迴響，現在，校園每個角落都聽得到。

自從陳玟參加「母語歌唱比賽」，擊敗眾人，榮獲冠軍（我猜，評審老師一定是被她的蘭花指迷住的），從此，學務處便將她收編為「魔音小組」一員。

「魔音小組」是我和張志明想了很久，才決定送給學校廣播室（注）學姐們的外號。那幾個六年級女生，下課和午休時間都在廣播室「散布魔音」；有時是替各處室傳達命令：「請各班班長到學

務處集合」、「尿液檢查請趕快送到健康中心」，有時是：「誰遺失蠟筆小新的鉛筆盒？請來認領。」一到中午，則是：「現在請聽六年三班的呆頭點給八班的寶妹〈認識你真好〉。」然後，便有可怕的音樂傳送到校園各個角落，連廁所也聽得一清二楚。

如果這時原唱者光臨本校，聽到自己的歌曲，經由老舊的廣播系統傳送出來，變得如此嘶啞恐怖，一定會馬上宣布退出歌壇。

不過，這些學姐卻仍然在廣播室裡過著幸福美滿的日子，因為她們是特權階級。當全校學生都在跳課間舞時，她們卻只要拿著麥克風，說兩句：「請把燈關掉，開始跳課間舞。」便可以躲在裡面為所欲為。

張志明說他有一次親眼看見，她們在廣播室裡嚼口香糖。

本校跟新加坡一樣，禁止吃口香糖哩。

六年級即將畢業，所以陳玟開始到廣播室實習，準備「繼承」魔音職位。我們聽到她說的第一句話是：「現在是用餐時間，開動。飯後要記得做潔牙活動。」

這些話，需要廣播嗎？可是，陳玟仍然字正腔圓，以高八度的嗓音對著麥克風嚷出來。依我看，這一天中午，全校學生必定都被嚇得食慾不振。

最要命的是，她回到教室，還沉迷在廣播的樂趣中，有事沒事就朝人宣布：「下次有東西遺失，就到廣播室找我。」或是：「想點歌給朋友聽嗎？明天交給我。」

張志明回答：「我要點『閉上你的嘴』。」

「有這首歌嗎，誰唱的？」陳玟樂昏頭，居然變笨了。

楊大宏推推眼鏡，問陳玟：「在廣播室工作，會不會很辛苦？得犧牲寶貴的下課時間。」

「哪會！高年級學長得當學弟妹的榜樣，為民服務，為民喉舌。」陳玟大概以為自己是民意代表。

她唯一不太滿意的地方是，六年級還沒畢業，不能由她掌控播音室，目前只能當學徒，學姐要她說什麼，她就說什麼。

難怪六年級畢業典禮那天，代表在校生致歡送詞的陳玟，會哭得那麼傷心，可能是媳婦熬成婆，喜極而泣。

畢業典禮非常冗長，因為來賓太多，獎項太多，我們負責鼓掌，拍得手痠肩膀痛。還好，本班坐在冷氣機前，旁邊又有很多氣球，可以偷偷踢著玩。

暴龍老師更不得了，一直離我們遠遠的，和全校最漂亮的江美美老師聊天。我們都目睹了本世紀最不可思議的一幕：暴龍老師笑了，他居然有酒窩呢。

可惜畢業典禮之後，他又把酒窩收進地窖裡了，並且帶來一件禮物，是畢業學長送的：「從今天起，我們班要加掃二年級廁所。」

六年級離校了，他們的整潔區域全部由五年級包辦。不過有悲就有喜，現在，連我和張志明都戴上「糾察隊」的臂章，指揮低年級學生不可在走廊奔跑。

暴龍老師真不夠意思，當他把臂章交給我和張志明時，說的是：「六年級畢業，糾察隊嚴重缺人，才輪得到你們。」又

警告：「可別奔跑著去罵低年級『不准奔跑』。」完全不信賴我和張志明是多麼的年輕有為。

其實，當我們在執行勤務時，熱血奔騰，分明是愛校愛國的楷模。只要有不識相的低年級小鬼從我們眼前快速通過，絕對難逃法網。張志明會緊抓住他的衣領，痛斥：「會撞傷人喔。」

發明「畢業」的人真是太了不起了，我和張志明都找到了人生嶄新的意義。從前，我都不知道自己可以罵小孩罵得這麼流利。張志明為了提高效率，還在家先擬好一篇「罵稿」，使用三個成語：「要輕聲慢步，維護校園安寧，以校為家，不可橫衝直撞。」

當然，比起陳玟，我們實在沒啥好提。她終於成功的占領廣播室，用麥克風實現她的抱負。

為了慶祝走馬上任，陳媽媽準備了許多日本牛奶糖請全班吃。其實，陳媽媽應該送給全班每人一副耳塞才對。

中午用餐時間，陳玟的魔音從喇叭中傳來：「各位同學，吃飯時要保持愉快的心情，把上午的憂愁統統忘掉。」

我們聽了都哈哈大笑。暴龍老師則抬起頭，緊張的望著牆上的喇叭，好像怕它還會傳出什麼不當言論。

陳玟又說：「人的心情有時好有時壞，就像天氣一樣，千萬不要讓壞心情一直壞下去。」

有幾個同學放下便當，專心的聽起來。楊大宏更是皺著眉，扶著眼鏡，生怕眼鏡會掉下來。

「為了讓大家有個輕鬆的用餐時間，現在為你播放一首歌。雖然這首歌一定會被我們老師批評為『無聊』，但是有時無聊一下也不錯。請聽〈我的無聊只有你最懂〉，是五年一班的眼鏡蛇點給全校學生聽的。」

哇哇，全班怪叫起來。暴龍老師則面無表情，站起身，走出教室。他會去找陳玟算帳嗎？

三分鐘後，他又進來了。原來他是去洗便當盒。

歌聲一如往常，跟鬼哭狼號一樣，非常難聽。不過，很奇怪，我忽然覺得陳玟的聲音並不難聽嘛。

空蕩蕩的六年級教室，也有歌聲迴響。明年的這個時候，我已經不在這間教室了。

我和張志明對看一眼，低頭吃起便當來。

注：部分學校在下課或午餐時間，會開放讓學生使用廣播室播放音樂或電臺節目。

學務主任的意見：

民主時代，我們要多聽小孩子的意見。對了，下學期本校還要設立一面「民主牆」，學生可以在上面寫出自己的看法。這是教育局指示辦理的，本校一定照辦，沒有意見。

附錄 1

星座與個性

請你採訪你的好友或家人，問問他們的星座，並記錄你對他們個性的觀察。最後，再為他們設計一個簡單的星座代表圖案。

姓名	星座	個性	星座圖案
我自己			
我爸爸			
我媽媽			

附錄 2

不像的畫

請你也畫一幅「不像的畫」，並為它訂一個題目。

題目：

作者的話

王淑芬

寫作童書三十多年，【君偉上小學】應該算是我的招牌作品吧。一套六本，從一年級到六年級，陪伴三十年來的小學生，成為中學生、大學生；而「專為某一年級量身打造」的寫作創意，也成為我個人寫作的挑戰，因為必須在每升一個年級，就更換一種語氣與寫作技巧，以符合那個年紀的文學認知程度。所以，寫君偉，讓我寫作功力進步很多呢。

雖然不斷有讀者要求我寫「君偉上中學」，甚至希望寫到君偉讀博士班、君偉的一生，但是我一直沒讓這個可愛的班級離開小學。原因有兩個：第一是我不喜歡一個主題寫個沒完沒了，會變得枯燥無趣。第二是我希望君偉在讀者心中，永遠是個等待長大、有無限可能的孩子。投射在每個讀者身上，其實我們每個人心裡，也像君偉一樣，仍在「長大中」。一想起君偉，我願大家能露出笑容，回味著他跟張志明的爆笑對話，以及這個班級層出不窮的驚奇事件。讓我們就這樣，暫時在書本上，無憂無慮的過著小學純粹善與真的生活。

【君偉上小學】歷經三十年，改版過幾次，主要是讓它更貼合現在的小學，修訂部分情節與用語。不過，某些地方其實我覺得不改也無妨，讓現今的孩子回頭看看臺灣小學的從前也不錯，覺得：「哇，原來以前的小學有福利社，會賣飲料與零食。以前的班級幹部名稱跟現在不太一樣。以前還有班級的基本動作比賽，老師每天還會檢查學生有沒有帶手帕與衛生紙呢。」

這些改變，是一個社會進展過程，變得更好，或沒什麼兩樣？我也無法評論，但如果有人想做研究，藉著這套書的幾次改版，說不定能勾勒出臺灣小學教育三十年的基本樣貌。

不少家長告訴我，孩子們是從【君偉上小學】開始願意讀「文字多」的書，我真感到開心。而且不知道讀者有無注意到，我是個很注重文學技巧的人，光是《一年級鮮事多》每篇故事的開頭，我就至少運用四種不同寫法，分別是「時間、事件、疑問或問題、形容詞」來當第一句。我私心希望小讀者不僅在讀故事，也在我說故事的手法中，學到文章的多種敘述方式。至於每篇故事如何結尾，我也有講究，有興趣的人，可以找其中一本來統計分類一下。下次當你寫作時，光是收尾便能有多元的表達方式。

我熱愛寫作，也很幸運的透過【君偉上小學】，結交許多不同年齡層的讀者朋友。君偉是臺灣第一套專為小學生而寫的校園故事，它也是每年暑假，常被贈為開學禮物的書。君偉在每週要上六天課的早年，陪伴過當時的小孩；如今週休二日，君偉這套書仍在各個圖書館與書店，笑咪咪的等著跟今年的小學生成為好朋友。被讀者稱為「君偉媽媽」的我，看著我的書小孩一直都精神飽滿、挺直書背站在書架上，無比滿足！

作者簡介

王淑芬

生日——很久很久以前的5月9日

出生地——臺灣臺南

小時候的志願——芭蕾舞明星

最喜歡做的事——閱讀好書，做手工書

最尊敬的人——正直善良的人

最喜歡的動物——貓咪與五歲小孩

最喜歡的顏色——黑與白

最喜歡的地方——自己家

最喜歡的音樂——女兒唱的歌

最喜歡的花——鬱金香與鳶尾花

畫者簡介

賴馬

1968年生，27歲那年出版第一本書《我變成一隻噴火龍了！》即獲得好評，從此成為專職的圖畫書及插畫創作者。
賴馬的圖畫書廣受小孩及家長的喜愛，每部作品都成為親子共讀的經典。獲獎無數，包括圖書界最高榮譽的兒童及少年圖書金鼎獎，更曾榮登華人百大暢銷作家第一名，是第一位獲此殊榮的本土兒童圖畫書創作者。
代表作品有：圖畫書《我變成一隻噴火龍了！》、《愛哭公主》、《生氣王子》、《勇敢小火車》、《早起的一天》、《帕拉帕拉山的妖怪》、《金太陽銀太陽》、《胖先生和高大個》、《猜一猜 我是誰？》、《慌張先生》、《最棒的禮物》、《朱瑞福的游泳課》、《我們班的新同學 斑傑明・馬利》、《我家附近的流浪狗》、《十二生肖的故事》、《一樣不一樣 斑傑明・馬利的找找遊戲書》、及《君偉上小學》系列插圖。（以上皆由親子天下出版）

五年級意見多

君偉上小學5

作者－王淑芬
繪者－賴馬

責任編輯－許嘉諾、熊君君、江乃欣
特約編輯－劉握瑜
封面設計－丘山
電腦排版－中原造像股份有限公司
行銷企劃－林思妤

天下雜誌創辦人－殷允芃
董事長兼執行長－何琦瑜
兒童產品事業群
副總經理－林彥傑
總編輯－林欣靜
主編－李幼婷
版權主任－何晨瑋、黃微真

出版者－親子天下股份有限公司
地址－臺北市 104 建國北路一段 96 號 4 樓
電話－（02）2509-2800　傳真－（02）2509-2462
網址－www.parenting.com.tw
讀者服務專線－（02）2662-0332　週一～週五：09:00~17:30
讀者服務傳真－（02）2662-6048　客服信箱－parenting@cw.com.tw
法律顧問－台英國際商務法律事務所・羅明通律師
製版印刷－中原造像股份有限公司
總經銷－大和圖書有限公司　電話：（02）8990-2588

出版日期－2012 年 8 月第一版第一次印行
2023 年 3 月第二版第一次印行

定價－360 元
書號－BKKC0055P
ISBN－978-626-305-411-0（平裝）

訂購服務－
親子天下 Shopping－shopping.parenting.com.tw
海外・大量訂購－parenting@cw.com.tw
書香花園－台北市建國北路二段 6 巷 11 號　電話－（02）2506-1635
劃撥帳號－50331356 親子天下股份有限公司

國家圖書館出版品預行編目 (CIP) 資料

五年級意見多 / 王淑芬文；賴馬圖. -- 第二版.
-- 臺北市：親子天下股份有限公司, 2023.03
注音版
192 面；19×19.5 公分. -- (君偉上小學；5)

ISBN 978-626-305-411-0(平裝)

863.596　　111021922